아직 여기에 있어

아직 여기에 있어

전성현
소설집

창비

스페이스 크랙

어느 날 문득, 신경 쓰여 자꾸 뒤돌아보게 된다거나 늘 지나던 곳인데 갑자기 낯설어 보이는 길이 있지 않아? 아니면 오래된 건물 외벽에서 자라난 이름 모를 풀을 본 적은 없니? 고가 도로 난간 밑에서 위태하게 커 가는 나무를 보고 심장이 뛴 적은 없어?

그 풀이나 나무는 왜 거기에 뿌리를 내린 걸까? 척박하고 생존이 어려운 곳에서 불안한 모습으로 말이야. 혹시 풀과 나무의 씨앗이 거센 바람을 타고 날아가 건물 외벽의 한 줌 흙에 기대어 자란 거라고 생각해? 정말, 정말 그럴까?

아니, 그곳에 틈이 있어서 그래. 시간과 공간이 다른 새로운 세상과 연결되는 틈. 나는 그 틈을 '스페이스 크랙'이라고 부르지. 틈이 작다고 그 안의 세계까지 작은 건 아니야. 잡초가 자라난 곳의 틈을 들여다보면 생각보다 넓은 공간이 존재해. 광활한 들판의 일부가 이 세상의 틈으로 삐져나오게 된 경우도 있으니까 말이야.

왜 우주의 틈이 생겨난 건지 알려 줄까?

빅뱅 이후 우주는 매시간 매분 더 커지고 있어. 게다가 점점 가속도가 붙으며 팽창하고 있지. 우주는 공간을 창조하면서 팽창해. 말 그대로 없던 공간이 만들어지는 거야. 그때마다 틈이 생기고, 그 틈을 채우기 위해 공간이 더 늘어나고 있어. 그러는 사이 우리 주위에 스페이스 크랙이 많아지고 있지. 여러 형태로 말이야.

이해하기 힘들다고? 맞아, 예전에 과학자들도 그랬어. 역동적인 우주를 받아들일 수 없었지. 우리가 잘 아는 물리학자 아인슈타인은 한때 일반 상대성 이론에 '우주 상수'라는 개념을 추가해 정적인 우주를 이론적으로 완성하기도 했어. 우주 상수는 '우주가 확장하는 속도'를 말하는데 이 값이 일정하게 유지된다고 본 거야. 즉 우주가 계속 같은 속도로 팽창하고 있다고 여긴 거지.

하지만 천문학자 허블이 우주가 점점 빠른 속도로 가속 팽창한다는 증거를 발견하자 아인슈타인은 우주 상수를 철회했어. 아인슈타인이 교수로 재직하던 프린스턴 대학교는 미국 동부 뉴저지에 있었지. 그는 미국 반대쪽에 있는 캘리포니아 윌슨산 천문대까지 직접 찾아가 허블을 만났어. 그러고는 말했지. 상대성 이론에 우주 상수를 추가한 것이 자신의 일생일대 실수였다고.

과학자들도 가끔은 그렇게 실수를 해. 우주는 아직 발견 중이고, 우리가 아는 것은 무한히 넓은 우주에서 지구만큼도 안 되니 말이야.

내가 그걸 보게 될 줄이야.

스페이스 크랙을 처음 발견한 건 체험 학습으로 방문한 자연사 박물관에서였어. 동물관에서 멋진 뿔이 달린 박제된 순록을 보고 있을 때였지. 나무 모형 틈에서 빛이 반짝이더니 노란 나비 한 마리가 나타났어. 그때는 겨울이었기에 나는 진짜 나비가 아닌 모형이라고 생각했지. 하지만 나비는 보란 듯이 훨훨 날갯짓하며 날아올랐어.

그래서 어떻게 되었냐고?

나비는 전시용 유리 상자 안에 있었기 때문에 밖으로 나오지는 못했어. 곧 모형 나뭇가지에 내려앉았지. 난 주위에 있던 아이들을 불러 모아 말했어. 나무 모형 틈에서 나비가 나왔다고. 잠시지만 공중으로 날아올랐다고 말이야. 하지만 아이들은 내 말을 믿지 않았지. 나뭇가지에 머물던 나비는 얼마 지나지 않아 움직임을 멈추었고 이내 죽어 버렸거든. 실내지만 겨울이라 온도가 낮고 건조했어. 밀폐된 케이지 안에는 해충 방제 약품까지 있었지. 아이들은 꼼짝하지 않는 나비를 보고 박제 모형이라고 단정했어.

나비는 어떤 세상에서 살다 온 걸까?

스페이스 크랙을 다시 마주한 건 부모님과 서커스 공연을 보러 갔을 때였어. 분장한 얼굴에 화려한 옷을 입은 서커스 단원들이 공중그네에서 묘기를 펼치고 높은 기둥을 자유롭게 오르내리며 재주를 부리는 공연이었어. 천장에서는 물이 분수처럼 쏟아져 내리기도 했지. 밝은 조명은 무대 위 단원들을 비추고 있었지만, 나는 구석 자리에 앉았기에 다음 무대에 출연할 단원이 어둠 속에서 사다리를 타고 천장으로 오르는 모습을 볼 수 있었어. 그렇게 올라간 단원은 어김없이 다음 순서에 줄을 매달고 나타났지.

공연이 한참 진행되던 중 또 한 남자가 사다리를 타고 올라가기 시작했어. 난 어둠 속 남자가 어떠한 서커스를 보여 줄까 궁금했지. 줄에 매달려 곡예를 보여 줄지 아니면 후프를 타고 내려와 새로운 공연을 이어 갈지 말이야.

남자가 사다리를 거의 올라갔을 때였어. 사다리 끝자락 위쪽에서 아까와 달리 밝은 빛이 보이는 거야. 마치 암막 커튼을 걷었을 때처럼 말이야. 그러더니 남자가 빛 속으로 사라졌어. 관중들은 눈치채지 못했지. 모두 구석의 사다리가 아닌 무대 위 쇼를 보고 있었거든. 빛이 나타난 건 워낙 짧은 시간이었으니 아마도 조명이라 여겼을 거야.

이후 공연이 어떻게 되었을지 궁금하지 않아?

천장에서 내려와야 할 단원이 결국 나타나지 않았어. 공연은 잠시 중단되었지. 단원들과 관계자들은 우왕좌왕하다 서둘러 다음 프로그램으로 순서를 넘겼어. 그때 내가 느낀 황당함과 당혹스러움을 너는 상상도 못 할걸. 공연이 다 끝난 뒤 사람들은 말했어. 단원 하나가 자기 순서를 앞두고 겁을 먹어 도망간 것 같다고. 하지만 난 보았는걸. 어둠 속에서 사다리를 타고 올라가 빛 속으로 사라진 남자를.

부모님에게 남자 이야기를 했지만 믿어 주지 않았어. 문득 내가 헛것을 본 건가 싶었지. 착각한 건 아닌가도 생각했어. 하지만 내가 본 게 진짜였다는 걸 긴 시간이 지난 뒤 확인하게 된 거야.

그 남자를 다시 만난 건 칠 년 뒤였어. 그날따라 알 수 없는 긴장감에 몸의 감각이 예민해져 있었지. 발에 밟히는 돌멩이 하나하나가 달그락거리는 소리도 크게 들렸고, 옷깃을 스치는 작은 바람에도 몸이 움츠러들었어.

그때 수풀 사이에서 검은 털을 가진 고양이가 모습을 드러냈어. 유난히 도도하고 기품 있는 모습에 관심이 갔지. 고양이는 어딘가 특별한 곳으로 가는 듯 주저함 없는 발걸음이었어. 그곳이 어디일까 궁금해 엿보는 기분으로 가만가만 고양이를 따라가는데 잠깐 사이 공기가 습하고 서늘하게 바뀐 느낌이 들었어.

그러더니 한순간 눈앞에 있던 고양이가 사라지고 서커스복을 입은 남자가 나타났지. 그는 놀이터 그네에 힘없이 앉아 있었어. 남자는 누구였을까?

그래, 맞아.

칠 년 전 서커스 공연에서 봤던 남자가 그때 그 복장을 하고 눈앞에 있었어. 얼굴의 분장은 흘러내린 상태였지. 울고 있었던 모양이야.

그는 말했어. 공연장 천장을 향해 사다리를 오르고 있었는데 마지막 계단에 발을 내딛자마자 여기에 도착했다고. 그리고 어딘지 몰라 계속 이 자리에 있었다고. 한 여자아이를 만나기는 했지만 자기를 두고 떠나 버렸다며 계속 울먹였어.

나는 이해가 되지 않아 물었지. 그럼 칠 년 동안 이 놀이터에 있었던 거냐고. 공연장으로 되돌아가기 위해 아무 노력도 하지 않았던 거냐고. 내 말에 그는 손을 내젓더니 아니라고 했어. 기껏해야 이제 두세 시간 지났다고 하는 거야. 난 혼란스러웠어. 어쩌다 오래전 서커스장에서 사라졌던 남자를 만나게 된 건지, 그 남자가 왜 엉뚱한 얘기를 하는 건지 알 수 없었지.

남자는 나에게 물었어. 여기 어떻게 오게 되었냐고. 다시 돌아갈 수는 있겠냐고. 그래서 되물었지. 지나가는 다른 사람들도 있는데 왜 굳이 나에게 그 얘기를 하는 거냐고. 아무 상관 없이 길을 걷던 나에게. 그랬더니 남자가 내 얼굴을 똑바로 바라보며 말했어.

네가 방금 빛의 틈에서 나타났어.

그제야 난 주위를 돌아보았지. 남자를 만나기 전까지 난 여행하
는 중이었어. 대학에서 천체물리학을 전공하며 우주를 공부하다
겨울 방학이 되어 배낭여행을 떠나온 터였지. 세상의 모든 곳을
내 발로 걸어 보고 싶었거든. 남미에 있는 파타고니아를 찾아 빙
하와 만년설이 있는 토레스 델 파이네 국립 공원 트레킹을 마치
고 난 뒤였어. 계속되는 여행으로 지쳐 있었고 배가 고프기도 해
마을로 향했지. 낯선 곳들을 지나고 있었던 탓에 눈앞에 놀이터
가 나타난 건 이상하지 않았어. 그러다 서커스 복장을 한 남자와
얘기를 나누면서 무언가 잘못됐다는 걸 느낀 거야.

내가 알던 세상이 아니었어. 낯선 고양이를 따라가다 나도 모
르게 다른 세상에 가 버린 거야. 그때 난 깨달았지. 남자가 말한 빛
의 틈이 스페이스 크랙이었다는 걸 말이야. 남자처럼 나 또한 크
랙을 통해 새로운 세상에 오게 된 거였어.

그런데 이 이야기를 왜 너에게 하느냐고?

그래, 나도 그 질문을 기다렸어. 네가 먼저 묻기를 내심 바라고
있었지. 놀라지 마. 지금까지 이 말을 하려고 길게 이야기한 거니까.

그러니까 말이야……. 너도 방금 그 크랙에서 나왔거든.

나를 만나기 전 무언가 낯선 것을 발견하거나 생경한 느낌을 받지 않았니? 다른 날과 달리 이상하거나 묘한 느낌이 들지는 않았어?

사실 난 너를 본 적이 있어. 너에게는 얼마나 긴 시간이었는지 모르겠지만 나에게는 반나절도 안 된 일이야. 잘 생각해 봐. 언젠가 네가 살던 아르헨티나 엘 칼라파테 마을에서 나를 본 적 있을 거야. 그때 넌 엄마 손을 잡고 길을 걷는 일곱 살 정도의 아이였어. 길가의 수풀 사이에서 나타난 고양이를 한 동양인 남자가 쫓아가는 모습을 보고 너는 말했지.

"엄마, 나도 고양이 키우고 싶어!"

아, 물론 넌 에스파냐어로 말했어.

"Mamá, Quiero tener un gato."

엄마는 대답 대신 고개를 가로저으며 걸음을 서둘렀지. 엄마 손에 이끌려 가던 너는 아쉬움에 돌아보았어. 그러다 그 동양인 남자가 길 한가운데에서 한순간에 사라지는 것을 보았을 거야. 너는 무척이나 놀라 엄마에게 이야기했겠지만 아마 엄마는 믿지 않았겠지?

그래, 네가 그때 그 길에서 보았던 남자가 바로 나야. 내 낡은 배낭과 흙 묻은 등산화를 보면 그날의 내가 기억날까?

어쩌다 우리가 스페이스 크랙을 통해 다시 만나게 된 걸까? 서로 다른 시간이 교차하는, 그러면서도 서로 다른 언어로 소통할 수 있는 이런 말도 안 되는 시공간에서.

사실 우리의 우주는 모든 시간을 공유하고 있어. 시간은 일직선으로 흘러 지나가는 게 아니거든. 과거, 현재, 미래가 함께 존재하지. 아직도 백삼십팔억 년 전 태초의 빛이 우리 주위에서 공존하고 있는 것처럼 말이야. 예전에 통신 기술을 개발하던 두 과학자가 알아냈다지. 우연히도 마이크로 전파 안테나에서 들려오는 잡음 때문에 말이야. 그들은 빅뱅 이후 팽창하는 우주 공간을 떠돌아다니던 빛이 마이크로파로 변형되어 우주의 모든 방향에서 지구로 향하고 있다는 걸 발견했어.

앞으로도 이 빛은 우리와 계속 함께할 거야. 우주의 모든 시간은 각각의 현재와 공존하겠지. 인식하든 인식하지 못하든 우리는 계속 커지는 우주 속에서 그 시간들을 만나게 될 거야.

그래, 이제 서커스 단원인 남자가 어떻게 되었는지 궁금하지 않아?

그 남자는 돌아갔어. 내 손을 꽉 잡고 악수한 뒤 나를 지나쳐 걸어갔지. 그가 향한 스페이스 크랙에서 언뜻 서커스장이 보였어. 어둠 속 조명만이 공연하는 단원들을 비추던 그곳. 남자가 발을 내딛자 크랙은 사라졌어.

그는 자신이 떠났던 세상으로 돌아간 거야. 거기 관람석 어딘가에 어릴 적의 나도 앉아 있었겠지? 분명 남자는 천장에서 줄을 타고 내려가 자신의 공연을 잘 마무리했을 거야. 얼굴의 분장은 엉망이었겠지만 말이야.

네가 어떻게 이곳에 왔든, 이제 나도 돌아가야 해. 고양이를 쫓던 그 아르헨티나 어느 마을의 오솔길로. 사실 나는 배가 무척이나 고프거든. 아늑하고 온기가 도는 식당에 가서 소고기 바비큐인 아사도와 따뜻한 마테차를 마시고 트레킹을 마무리할 거야. 거대한 모레노 빙하와 지구상에서 가장 오르기 어려운 봉우리 중 하나라는 세로 토레를 보러 갈 생각이지.

머지않아 또 다른 누군가가 여기에 올 거야. 그때 그 사람에게 잘 얘기해 줘. 쉽게 이해할 수 있도록.

그리고 너도, 네가 떠나온 그곳으로 잘 돌아갈 수 있기를 바라.

아직 여기에 있어

게임 속 맵은 고요했다.

몇 분 전까지만 해도 팀원이 옆에서 움직이고 있었다. 적의 닉네임도 미니 맵에서 보였다. 그런데 모든 전투원이 한꺼번에 사라졌다. 자동으로 흐르던 기계음과 총성도 사라지고 웅, 하고 낮게 울리는 배경음만이 공간을 채웠다.

"어떻게 된 거지?"

리온은 자신의 전투 캐릭터가 홀로 다른 맵으로 튕겨 나갔다는 것을 인식했다. 종료 단축키를 눌렀지만 먹히지 않았다. 누군가 막 빠져나간 듯한 벙커 안으로 벽을 따라 희미하게 남은 탄흔과 흙먼지 위로 겹겹이 찍힌 군화 자국들이 눈앞에 펼쳐져 있었다. 리온은 원래의 맵으로 돌아갈 방법을 찾다가 멈추었다.

조명이 깨진 통로 한가운데에서 한 캐릭터가 미세하게 떨고 있었다. 자동으로 움직이는 NPC(Non-Player Character)였다. 그런데 어딘가 이상했다. 평소라면 정해진 대사나 동작을 반복하며 움직일 텐데 이건 달랐다. 뭔가를 기다리는 듯 같은 자리에 그대로 있었다. 언뜻 설정된 행동 코드를 잃고 오류가 난 것처럼 보이기도 했지만 어쩐지 리온이 보기에는 일부러 멈춰 있는 것 같았다. 리온은 마우스에서 손을 떼고 헤드셋을 살짝 고쳐 썼다.

그 순간 들린 거친 숨소리.

귀를 타고 들어온 숨소리는 분명 게임 내 효과음이 아니었다. 낮고 생생한, 너무도 현실적인 숨소리였다.

리온은 서둘러 미니 맵을 확인했다. 분명 아무도 없었다. 적 인식 알람도 뜨지 않았고 체력과 탄약 상태 등도 평소와 같았다. 하지만 지금 이 전장에는 보이지 않는 누군가가 있었다.

그리고 그것은 플레이어가 아니었다.

「프론트 라인」은 전 세계 수백만 명이 즐기는 온라인 전투 게임이다. '적과 맞서는 맨 앞의 전선'을 뜻하는 이름처럼 치열한 전쟁 게임으로 인기를 끌었다. 각국의 게이머들이 동시에 접속해 각 나라의 언어로 지시나 대화를 주고받으면 게임 서버가 이를 실시간으로 번역해 자막을 화면에 띄워 주었다. 덕분에 언어가 달라도 전장에서 협력할 수 있었고 생생한 교신으로 전투의 긴장 감이 배가되었다.

늦은 밤, 리온은 평소처럼 게임에 접속했다. 며칠 전의 갑작스 러운 맵 전환은 시스템 오류인지 아니면 누군가의 해킹 때문인지 알 수 없었다. 맵 안에 정체 모를 누군가 있음을 인지한 순간 게 임은 다운되었다. 그 일 이후, 리온은 게임에 접속할 때마다 알 수 없는 긴장감을 느꼈다.

맵은 정글의 모습이었다. 전장 한가운데, 울창한 나무와 안개가 뒤엉킨 지역을 리온의 캐릭터 '리버스'가 어둠 속에서 민첩하게 움직였다. 리버스는 정찰과 매복에 특화된 캐릭터였고 주로 맵 중간 지역에서 은밀하게 이동하며 적을 노리는 역할이었다. 뒤에 서는 AI 동료 캐릭터 '스펙터'가 따라오고 있었다. 미리 설정된 동선대로 움직이면서도 상황에 따라 지원 사격을 하거나 유인 작 전을 수행하는 인공 지능 캐릭터였다.

전투 진입 지점을 향해 이동하던 중 리온은 리버스의 발걸음을 늦추었다. 시야에 안개가 짙게 내려앉고 나무 그늘 사이에서 적 의 움직임이 감지되어 서두를 수 없었다. 머릿속으로 적의 이동 경로와 공격 타이밍을 계산하느라 움직임이 평소보다 처지던 순 간 헤드셋 속에서 낯설고 까칠한 목소리가 흘러나왔다.

파타라피스. 브레메니 말라.(Поторопись. Времени мало.)

딱딱하고 낮은 어조. 절도 있게 꺾이는 억양, 흔들림 없이 강직한 발음. 놀란 리온은 손을 멈추고 화면을 응시했다. 선명하게 다가온 낯선 언어. 러시아어였다. 이 년 전, '미르 47'이라는 닉네임의 러시아 게이머와 여러 번 게임을 해 본 적이 있어 알아챌 수 있었다. 하지만 지금 함께하는 팀원 중 러시아인은 없었다.

'뭐야? 버그인가?'

팀원이 한 말이라면 대화창에 번역 글이 올라와야 했는데 아무런 자막도 뜨지 않았다. 리온은 곧바로 음성 대화를 켰다.

"들었어? 이상한 말소리."

리온의 물음에 팀원들은 별다른 대꾸를 하지 않았다. 전투가 코앞이라 모두 마음이 바쁜 듯했다. 같은 말을 다시 묻는 리온에게 오히려 누군가는 게임에 집중하라고 채근했다. 때맞춰 적이 나타났고 총성이 울렸다.

화면 속 전장은 여느 때와 다를 바 없었다. 리온은 반사적으로 단축키 Q와 E를 연달아 눌러 공격 기술을 사용하고, 마우스를 빠르게 움직여 위치를 재조정했다. 미니 맵을 확인하고, 적의 시야에 들어오지 않는 지형에 잠복하는 루틴까지 이어 갔다. 하지만 손놀림은 조금씩 느려졌다. 헤드셋을 통해 들려온 음성이 마음에 남아 있었다.

'진짜였을까? 아까 그 소리.'

혼란한 감정과 긴장을 풀지 못한 채 리온은 겨우겨우 남은 게임을 소화해 냈다.

경기는 졌다. 확보하려던 영토인 무너진 성채는 얻지 못했다. 하지만 그 사실조차 희미했다. 패배의 순간도, 팀원들의 말도 잘 기억나지 않았다. 게임이 끝났다는 것만이 또렷했다. 리온은 쥐고 있던 마우스를 놓고 무릎 위에 손을 올렸다. 눈은 여전히 모니터를 응시하고 있었지만 초점은 흐릿했다.

컴퓨터 전원 버튼을 누르자 모니터가 꺼졌다. 본체의 팬이 멈췄고 방 안은 곧 정적에 잠겼다. 조금 전까지 꽉 찼던 컴퓨터의 소리들이 모두 꺼지고 나니 공기의 무게가 달라진 것 같았다.

"누가 한 말이었을까?"

그때 거실 너머 안방 문이 열리는 소리가 났다. 리온은 반사적으로 책상 조명을 껐다. 밖에 있는 사람이 누구든 간에 리온이 잠들어 있는 줄 알아야 했다. 평소처럼, 아무 일도 없었다는 듯이.

어둠에 잠긴 방 안에서 조심스럽게 움직여 침대로 가 누웠다. 부엌으로 향하는 묵직한 발소리와 정수기에서 머그잔으로 물 떨어지는 소리. 그리고 아빠의 거칠고 무거운 숨소리까지 다 귀에 들어왔다. 아빠의 물 마시는 소리가 유난히 크게 느껴졌다.

아빠가 방으로 들어간 뒤 리온은 그제야 몸을 이완시켰다. 이불을 가슴까지 끌어올리고 천장을 바라보다가 이내 눈을 감았다. 의구심은 미뤄 두고, 여느 때와 같은 평범한 밤처럼.

그러나 잠든 리온의 귀에 게임에서의 그 목소리가 들렸다. 꿈속이었다. 노란 모래 폭풍이 사막을 덮었다. 리온은 시야를 가린 황사 속을 달리며 뒤를 의식하지 못했다. 모래가 얼굴에 휘몰아치고 발걸음 소리가 바람에 묻히는 탓에 주변의 움직임과 소리를 분간하지 못한 채 달렸다. 그때 뒤에서 다가온 검은 군복의 병사가 무겁게 말했다.

파타라피스. 브레메니 말라.(Поторопись. Времени мало.)

차가운 쇠붙이 같은 울림. 꾹 눌러 삼킨 숨 끝에서 흘러나온 듯한 목소리. 누군가 진짜로 귓가에서 말한 것 같은 감촉을 가진 음성이 귓속으로 퍼졌다.

리온은 놀라 식은땀을 흘리며 눈을 떴다. 주위는 고요했다. 하지만 가슴 한가운데에서 진동이 퍼지는 듯한 느낌이 요란하게 남아 있었다.

한참을 멍하니 천장을 바라봤다. 게임 장면이 꿈에 나온 건 처음이었다.

리온은 밤새 뒤척이다가 겨우 아침을 맞았다. 몰려오는 피곤에

학교에 도착해서도 책상에 엎드린 채 시간을 보냈다. 종소리가 울리자 몸을 일으켰지만 크게 달라지진 않았다. 무기력하게 의자에 기대앉아 멍한 눈으로 허공을 응시했다. 수업이 계속되는 동안 교실에서 바뀌는 건 선생님들뿐이었다.

종례 시간이 다가올 즈음, 리온은 창밖을 바라보았다. 햇살에 빛나는 운동장, 그 위를 지나가는 체육복 차림의 후배들. 일상적인 모습을 바라보던 리온의 머릿속에 불현듯 전날 밤의 꿈이 떠올랐다.

사막. 거센 모래바람. 그리고 검은 군복의 병사와 절규하는 목소리.

베기!(Беги!)

절박한 외침이었다.

리온은 본능적으로 고개를 돌려 뒤를 보았다. 반 아이들은 아무렇지 않게 책을 읽거나 장난을 치고 있었다. 다시 창문 밖으로 시선을 돌렸다. 익숙한 풍경은 계속되고 있었다.

리온의 심장은 쿵, 하고 한 박자 늦게 반응했다. 리온이 머리를 거세게 흔들자 옆자리 친구가 팔꿈치로 툭 치며 물었다.

"야, 왜 그래?"

"어…… 그냥, 이상한 소리가 들려서."

리온은 간신히 말하며 웃어 보였지만 손끝이 떨리는 건 감출 수 없었다.

베기. 리온도 아는 말이었다. 러시아 게이머들이 그 말을 할 때면 어김없이 '도망쳐.'라는 자막이 떠올랐었다. 왜 하필 이 말이 들린 걸까?

그사이 담임이 교실로 들어왔다. 손목 단말을 교탁에 올려놓자 교실 모니터가 켜졌다. 담임은 진지한 표정으로 아이들을 천천히 훑어보았다. 오늘은 모의고사 성적표가 전달되는 날이었다.

담임은 번호순으로 이름을 부르며 개인 성적표를 전송하다 리온 차례에 말했다.

"이대로는 원하는 대학 진학은 힘들어. 부모님과 진지하게 얘기해 봐."

리온은 개인 학습 패드에 전송된 성적표를 확인하고는 화면을 닫았다. 반 아이들은 성적 얘기로 한바탕 시끄러웠지만, 리온은 휴대폰만 한참을 들여다보다 무표정하게 집으로 향했다.

태연해 보이는 겉모습과 달리 마음은 불편했다. 성적표를 본 아빠가 실망할 모습이 저절로 그려졌다. 정형외과 의사인 아빠는 병원에선 온화하고 친절했지만 가족에겐 과묵하고 엄한 편이었다. 특히 리온에게는 더더욱.

한때, 리온이 게임 스트리머를 꿈꾼다는 얘기를 꺼냈을 때, 아빠는 "사람을 살릴 수 있는 직업도 많은데, 왜 시간 낭비를 하냐."

라며 정색했다. 젊은 시절 중동 지역 파병 의료진으로 1년간 활동하고 온 아빠는 사람을 살리고 고통에 손 내미는 일이 삶의 가장 중요한 의미라고 말했다. 비록 현재의 삶은 생업에 쫓겨 이상과 멀어졌더라도, 자신의 경험을 절대적 기준으로 여기는 아빠였다. 그날 이후 리온은 어떤 꿈이든 아빠에게 말하지 않았다. 기대가 꺼진 자리에 말은 필요하지 않았다.

반면 엄마는 아빠와 관심사가 달랐다. 성적을 묻기보단 오늘 밥은 잘 먹었는지, 친구들과는 어땠는지를 물었다. 하지만 그런 따뜻함은 늘 잠깐이었다. 착용형 증강 현실 기기 신제품 출시 때문에 엄마는 주말에도 회사에 나가야 할 정도로 바빴고 집에 머무르더라도 늘 노트북과 기기 도면을 들여다보고 있었다. 리온이 말을 걸면 "잠깐만."이라며 하던 일에서 떨어지지 못하다 말끝을 흐린 채 작업을 이어 갔다. 결국 그 '잠깐만.'은 '지금은 안 돼.'라는 뜻이 되었다.

성적을 확인한 엄마는 매번 "괜찮아, 아직 공부하는 방향을 찾고 있는 거야."라고 위로했지만, 리온은 그것도 바쁜 일정 중 하나를 마무리하는 엄마의 습관적 반응이라는 것을 알고 있었다. 어른들이 말하는 '괜찮아.'란 지금은 별로지만 언젠가 나아질 거라는 막연한 기대일 뿐이었다.

집에 도착해 현관문을 여는데 지방 출장을 가게 되었다는 엄마와 저녁 약속이 잡혔다는 아빠의 메시지가 차례로 도착했다. 엄마의 출장은 흔했지만 아빠의 저녁 약속은 드문 일이었다. 하지만 요즘 들어 아빠의 술자리가 부쩍 잦아지고 있었다. 뜻하지 않게 성적표를 보여 주지 않아도 될 이유가 생겨 나쁘지 않았다. 리온이 저녁은 알아서 먹겠다고 메시지를 남기자 잠시 분주했던 단톡방은 원래대로 조용해졌다.

리온은 방으로 들어가 가방도 풀지 않은 채 컴퓨터 앞에 앉았다. 게임의 세계에서는 성적표도 없고 부모님의 평가나 담임의 채근도 없었다. 잘하든 못하든 함께 싸우고 도망치고 이기는 데에만 집중하면 됐다. 실패해도 '괜찮다.'라는 말이 진짜처럼 들리는 곳, 다시 시작하면 된다는 걸 확인해 주는 세계. 리온은 헤드셋을 쓰고 「프론트 라인」에 접속했다.

익숙한 시작 음이 들린 뒤 전투 대기 화면이 떴고, 자동 매칭된 팀원들의 아이디가 하나둘 나타났다. 전장의 지도가 펼쳐지고 카운트다운 숫자가 등장하자 조금씩 손에 힘이 들어갔다. 리온은 마우스를 움직이며 접속 버튼을 눌렀다. 잠시나마 현실에서 숨을 쉴 수 있는 유일한 틈, 게임 안으로 진입할 시간이었다.

다섯 명의 플레이어가 인공 지능 적과 싸우는 익숙한 설정이었다. 하지만 매칭 인원이 부족해 다섯 자리 중 네 자리만 실제 이용자로 채워졌다. 비어 있는 마지막 한 자리는 팀 리더인 리온이 AI 캐릭터 스펙터를 선택해 충원했다.

리온의 화면에 그의 캐릭터 리버스와 AI 동료 스펙터가 먼저 나타났다. 전장은 이번에도 정글 맵이었는데, 빽빽한 덩굴과 나무로 뒤덮여 있었다. 리버스가 앞서 나가고 스펙터가 뒤따랐다. 스펙터는 맵의 끝자락을 맴돌며 따라왔다.

의외로 지나치게 안전한 경로만 고집하는 스펙터의 움직임은 리온을 답답하게 했다. 정글 초입에서 시간을 지체하면 적의 정찰 드론에 포착될 가능성이 커졌다. 리온은 과감하게 전선을 넓히기로 결심하고 리버스에게 이동 명령을 연달아 입력했다.

리버스가 덩굴을 헤치고 앞쪽 공터로 돌진했다. 그 순간, 수풀 속에서 섬광탄이 터지더니 이어 기관총 사격이 쏟아졌다. 엄폐 지형을 확인하지 못하고 직선 경로로 이동한 탓이었다. 리버스의 실루엣이 그대로 드러나며 적의 매복 공격이 전면에서 작동하기 시작했다. 회피할 틈도 없이 체력이 깎였다. 이대로 몇 초만 더 있으면 리버스가 죽을 상황이라는 것을 리온은 직감했다.

그때였다.

왼쪽 숲으로 빠져. 우린 살아야 해.

스펙터가 말했다.

평소라면 지정된 전략을 반복하거나 단순한 보조 대사만 하는 스펙터의 말투가 마치 팀원이 건네는 말 같았다. 정확하고 너무도 다급했다.

당황한 리온은 방향을 잘못 잡았고 리버스는 정글 외곽의 덤불에 걸려 잠시 멈칫했다. 기술을 쓰려고 했지만 쿨타임에 걸려 사용할 수 없었다. 어찌할 바를 몰라 잠시 헤매는데 지잉 소리와 함께 화면이 일그러지기 시작했다. 픽셀 단위로 화면 일부가 깨지고 마치 오래된 모니터처럼 노이즈가 생겼다. 붉고 검은 선들이 미세하게 떨리면서 게임 정보 창 일부가 깜빡였다. 가장 이상한 건 화면 중심에 서 있는 스펙터의 모습도 함께 일그러진 것이었다. 마치 그 일그러짐이 스펙터로부터 시작된 것처럼.

잠시 뒤, 스펙터에서 번진 붉은 파동이 화면을 덮더니 덤불에 걸려 있던 리온의 캐릭터 주변 지형과 적들의 위치가 순식간에 게임 초기 상태로 되돌아갔다.

리온은 소리 없이 숨을 들이켰다.

"게임이…… 리셋됐어!"

모니터에 얼굴을 들이대고는 다시 확인했지만 리셋된 게 맞았다.

"스펙터에게 게임을 되돌리는 능력까지 있다고?"

헤드셋 너머로 다시 스펙터의 목소리가 들려왔다.

이번엔 훨씬 더 낮고 또렷하게.

알게 될 거야. 생존이 얼마나 중요한 건지.

리온은 화면을 응시한 채 천천히 물었다.

"너, 누구야?"

◈

주말 아침, 새벽이 되어서야 집으로 돌아온 엄마는 옷을 갈아입고 다시 나갈 준비를 했다. 증강 현실 기기 '아이리스 V9'의 출시를 일주일 앞두고 심각한 문제가 생겼기 때문이었다. 기기를 먼저 사용해 본 베타테스터 일곱 명 중 두 명이 기기를 착용한 후 단기 기억 상실 증세를 나타냈다고 했다.

지난 삼 년간 모든 에너지를 증강 현실 기기에 쏟아부었던 엄마는 충격이 큰 것 같았다. 옷을 챙겨 입으면서도 "문제 원인 자료 전송했어?" "아니, 테스터 가족에게는 내가 직접 연락해 볼 거야."라고 말하며 전화 통화를 이어 갔고, 대문 밖으로 나갔다가는 차 키를 챙기러 다시 들어왔다. 리온은 엄마가 머리카락이 흐트러진 채로 출근하는 모습을 처음 보았다.

새벽까지 술을 마시고 들어온 아빠는 엄마가 나갈 때까지도 잠에서 깨지 못했다. 요즘 들어 고민이 많은 모양이었다. 아빠가 운영하는 병원 가까이에 대형 정형외과가 생긴 것이 문제였다. 병원 운영이 어려워지면서 술을 마시는 날도 늘었다.

며칠 전, 거실로 나가려다 우연히 부모님의 대화를 엿들었다.

"노력하면 된다고 믿었는데…… 그게 다가 아니었나 봐."

"당신도 사람인데, 안 되는 일도 있는 거지."

아빠의 말에 엄마는 조용히 답했다. 그날 이후로 아빠는 더 말이 없어진 것 같았다. 무슨 일에든 소신을 갖고 열심히 도전하면 좋은 결과도 얻을 수 있다는 게 아빠의 신념이었다. 그것이 현실화되지 않자 좌절감이 큰 모양이었다. 리온은 의기소침해진 아빠를 보는 일이 익숙하지 않았다.

엄마 차가 출발하는 소리를 듣고 자기 방으로 돌아온 리온은 해야 할 일도, 밀린 숙제도 잊은 채 책상 앞에 앉았다. 밤새 내려 둔 암막 커튼 때문에 빛이 들어오지 못해 책상의 전등만 흐릿하게 공간을 채우고 있었다.

컴퓨터 화면에는 지난밤 했던 게임의 다시 보기가 켜져 있었다. 리온은 처음부터 끝까지 여러 번 반복해 어제의 게임을 돌려보았다. 우선은 타임라인을 빠르게 넘기며 대략적인 내용을 확인했고 그다음엔 속도를 늦추어 천천히 살폈다. 미니 맵, 음향, 캐릭터의 위치. 심지어 자신이 조작하지 않는 팀원들의 움직임까지도 세세하게 들여다봤다.

"게임이 어떻게 리셋된 걸까?"

게임 초반 리버스가 앞서 나가고 스펙터가 뒤따르는 모습 이후 장면은 건너뛴 것처럼 빠르게 넘어갔다. 당연히 스펙터의 말은 남아 있지 않았다. 리온의 물음도 마찬가지였다. 이후 스펙터는 평상시와 같이 평범한 AI 캐릭터로 돌아갔다. 리온은 자신이 착각한 게 아닌가 싶었다. 하지만 며칠 전부터 이어진 혼란이었다. 일시적인 착각이라면 계속해서 반복될 리 없었다.

스펙터가 내뱉은 말을 다시 들으면 게임 중에 어떤 일이 벌어진 건지 명확하게 파악할 수 있을 듯한데 정작 가장 중요한 상황은 영상 속 어디에도 남아 있지 않아 답답했다.

"어디로 사라진 거야?"

리온은 헤드셋을 벗고 모니터를 다시 응시했다. 화면 속 리버스와 스펙터의 움직임을 눈여겨보았다. 그 와중에 NPC들은 여전히 같은 경로를 따라 움직이고 총을 쏘고 쓰러졌다. 전장은 늘 그랬듯 차가운 규칙 안에서 되풀이되었다.

리온은 고민을 이어 가다 사용자 정보 창을 열었다. 사용자 정보 창은 게임 안에서 캐릭터나 시스템이 플레이어에게 보내는 음성, 텍스트 기록들이 모여 있는 곳이었다. 게임 기록을 찬찬히 살펴보면 게임에 영향을 끼친 무언가를 확인할 수 있지 않을까 싶었다. 보통은 짧은 조언이나 전투 상황 알림 같은 것들로 채워져 있었는데 그중 낯선 문자로 쓰인 글이 눈에 띄었다.

Я ушёл, но всё ещё здесь.

손이 멈췄다.

화면을 뚫어지게 바라보던 리온은 입을 삐죽였다.

"도대체…… 뭐라고 써 놓은 거야?"

러시아어 같았다. 리온은 번역기 창을 열었다. 문장을 그대로 복사해 넣자 번역기는 단정한 어조로 해석을 띄웠다.

난 떠났지만, 아직 여기에 있어.

리온은 뜬금없는 내용의 문장을 보고는 의아했다. 무슨 의미인지 좀 더 알아봐야 할 것 같아 화면 캡처 키를 눌렀다. 하지만 캡처는 완료되지 않았고 화면 중앙에 메시지가 떠올랐다.

이 화면은 캡처할 수 없습니다.(Access Denied.)

회색 알림창이 무표정하게 화면 한가운데에 머물러 있었다. 리온이 확인을 누르자 그 글은 흔적도 없이 지워졌다. 마치 애초에 존재하지 않았던 것처럼.

하지만 리온의 눈앞엔 여전히 번역된 문장이 남아 있었다.

아빠는 오후가 되어서야 잠에서 깼다. 부엌을 오가다 리온과 마주쳤지만 눈길도 주지 않고 지나쳤다. 그러고는 간단히 음식을 챙겨 먹은 뒤 서재에 들어가 나오지 않았다. 리온은 아빠의 모습이 낯설었다. 늘 당당하던 아빠가 오늘은 초췌해 보이기까지 했다.

엄마는 자정 가까운 시간이 되어 집으로 돌아왔다. 옷을 갈아입은 엄마는 탄산수 한 잔을 들고 거실로 나왔다. 얇은 니트에 맨발로 슬리퍼를 질질 끌며 털썩 소파에 앉았다.

"급한 일은 해결했어?"

엄마가 거실에 있는 모습을 본 리온은 머그잔에 물을 따른 뒤에 옆으로 가 앉았다.

"해결 방안은 못 찾았어. 회의만 하다 왔지."

엄마는 짧게 숨을 쉬고는 탄산수 한 모금을 마셨다. 리온은 엄마의 지친 얼굴을 힐끗 보다가 망설이듯 입을 열었다.

"엄마, 나, 모의고사 성적표 나왔는데."

"……나중에 확인해도 될까?"

당장은 머리가 복잡한 모양이었다.

"응."

리온이 대답 후에도 계속 자리에 머물러 있자 엄마가 물었다.

"왜, 더 할 말 있어?"

"저기, 게임 캐릭터가 자기 의지를 갖고 말할 수 있어?"

엄마는 관심 분야의 이야기가 나오자 눈썹이 미세하게 올라갔다. 피곤한 얼굴에 잠시 그늘이 걷히더니 이내 잔을 테이블에 내려놓았다.

"AI 캐릭터 말하는 거야? 갑자기 왜?"

"얼마 전에 협동 모드로 게임을 했는데 한 캐릭터가 이상했어."

리온은 자세를 고쳐 앉았다.

"원래는 시스템에 설정된 음성만 나오잖아. 그런데 내 캐릭터가 위기에 처하자 살아야 한다며 게임을 리셋했어."

엄마는 눈을 깜빡이며 리온을 바라보았다. 그러고는 말없이 일어나더니 방에서 태블릿을 들고나왔다. 소파에 앉아 몇 가지를 검색해 찾아보던 엄마는 리온 쪽으로 몸을 기울이며 물었다.

"캐릭터가 단순 반응한 거야, 아니면 전투 상황에 맞춰 실시간으로 상호 작용한 거야?"

리온은 잠시 고민하다가 대답했다.

"캐릭터 스스로 판단하고 행동하는 것처럼 느껴졌어. 명령을 듣고 움직이는 게 아니라, 내 캐릭터를 위해 상황을 읽고 알려 줬다고 해야 하나."

엄마는 팔짱을 꼈다. 리온의 말 한마디 한마디를 되짚는 듯한 눈빛이었다. 그러다 조심스럽게 말을 꺼냈다.

"요즘은 감정 데이터 기반 AI 연구가 꽤 진전됐어. 특히 게임 업계 쪽에서는 착용형 장치로 뇌파나 피부 전도 같은 생체 신호를 측정해서 플레이어의 감정 상태를 실시간 분석하는 기술을 테스트 중이야."

"그래서 캐릭터가 게이머의 감정에 반응할 수도 있어?"

리온의 목소리는 조금 낮아졌다.

"반응은 물론이고 예측까지 가능하지. 공포, 긴장, 패배감 같은 감정이 일정 패턴으로 반복되면 AI는 그다음 행동을 예측하고 대응 전략을 스스로 조정할 수 있어. 단순 명령 기반이 아니라 '정서 기반 자율 반응 시스템'인 거야."

"그게 가능해?"

리온이 묻자 엄마는 잠시 말이 없었다.

"지금 정식 출시된 시스템에서는 아직 불가능한 기능이야. 적어도 지금의 상용 게임 환경에서는."

엄마는 자세를 고쳐 앉았다.

"만에 하나, 네 플레이 기록이나 반응 데이터를 장기간 수집한 비공식 시스템이 있다면, 고도로 동기화된 AI가 만들어졌을 가능성은 있어."

"비공식 시스템?"

리온의 목소리에 경계가 묻어났다.

"외상 후 스트레스 장애 치료를 위한 상호 작용 시스템이나 군용 훈련 시뮬레이션, 혹은 전투 지원 알고리즘 연구소 같은 데선

이미 개발 중이야. 외부에 공개되진 않았지만."

리온은 머그잔을 들어 올렸다. 손끝이 살짝 떨렸다. 컵 안의 물이 흔들리며 가느다란 원을 그렸다.

"혹시 몰라. 게임 개발 회사에서 네 캐릭터 정보를 수집했을지."

조금은 상기된 리온의 표정을 보더니 엄마는 농담처럼 말을 이었다.

"그러니까 네 정보가 빠져나가지 않도록 조심해."

"내 정보를 안다고?"

엄마의 말에 리온은 혼란스러웠다. 그사이 아빠가 서재에서 나와 아무 말 없이 안방으로 향했다. 엄마는 아빠의 눈치를 살피다 자리에서 일어났다. 그러고는 "무슨 게임을 하는지는 모르겠지만 스트레스 풀 정도만 해야 돼."라는 말을 리온에게 남긴 뒤 아빠를 따라 방으로 들어갔다. 문이 닫히는 소리가 짧게 들렸다.

리온은 자기 방으로 돌아왔다. 개인 학습 패드를 켜고 수학 숙제를 불러왔지만 하나도 눈에 들어오지 않았다. 이삼십 분 들여다보다 결국 컴퓨터 전원을 켰다. 마우스를 잡은 손은 곧바로 게임을 클릭했다. 요즘 들어 생긴 이상한 일들이 단지 우연이었는지, 아니면 엄마가 말한 감정 동기화 AI가 실제 활용되어 나타난건지 알고 싶었다.

익숙한 게임 시작 화면이 열리고, 캐릭터 선택 창이 나타났다.

리온은 주저 없이 자신의 캐릭터 리버스와 AI 동료 스펙터를 선택했다. 마치 정해진 순서를 그대로 밟아 가는 의식처럼 모든 게 자연스럽게 느껴졌다.

"이번엔 스펙터의 반응만 보는 거야."

리온은 스스로에게 중얼거렸다. 확인만 하고 곧바로 꺼 버릴 생각이었다.

그렇게 다시 게임을 시작했다. 그리고 리버스의 모습으로 전장에 들어섰다. 산악 지대 전투를 앞두고 회색 전투복에 장비를 단단히 두른 스펙터가 시야에 들어왔다. 빛을 반사하는 헬멧 너머로 표정은 보이지 않았지만, 묘하게도 시선이 리온 쪽을 향해 고정되어 있었다.

미니 맵 오른쪽에 붉은 점이 몰려들고 있었다. 리온은 스펙터의 반응을 보려고 그 자리에 머물러 있었다. 적의 포위망은 눈앞에서 빠르게 조여 왔다. 퇴로를 찾지 못하면 전투는 순식간에 끝날 터였다.

"자, 스펙터. 이제 어떻게 할 거야."

리버스가 잠시 머뭇거리자 찰나의 빈틈을 놓치지 않은 적이 달려들어 날카로운 일격을 꽂았다. 적들의 집중포화가 쏟아졌고, 화면이 번쩍이며 체력은 단숨에 바닥을 찍었다. 리버스는 무릎을 꿇더니 앞으로 쓰러졌다. 화면 중앙에 캐릭터가 전사했다는 메시지가 떴다. 주변에는 먼지처럼 흩날리는 파편 효과와 숲의 고요한 바람 소리만 남았다. 화면은 천천히 멀어지며 쓰러진 리버스를 위에서 내려다봤다.

스펙터는 리버스 옆에서 멈춰 있었다. 죽은 아군 표시 아이콘 바로 옆자리였다. 전술적으로는 아무 의미가 없는 위치였다. 적이 더 나타나지 않자 주변은 고요했지만 스펙터는 무언가를 확인하듯 그 자리에서 떠나지 않았다.

보통의 AI 캐릭터라면 스펙터는 전장으로 이동해 다른 아군을 지원했어야 했다. 우측 전선은 이미 밀리고 있기에 지원 AI라면 당연히 그쪽으로 향해 전력을 보강하는 것이 정상이었다. 하지만 스펙터는 움직이지 않았다. 그러고는 리버스를 보며 말했다.

한 번 더 늦으면 끝이다. 판단이 늦어 적에 노출되는 실수는 다시는 반복하면 안 돼.

프로그래밍된 인공 지능의 언어라고 하기엔 너무나 인간적이었다. 게다가 리온에 대해 잘 아는 듯한 말투였다. 리온은 모니터를 두 손으로 붙들었다. 엄마의 말이 맞았다. AI가 리온의 감정과 행동을 분석하는 듯했다.

"스펙터가…… 정말 나를 아는 걸까?"

리온은 자신을 속속들이 파악한 AI에 대한 두려움보다 감춰진 사실을 알고 싶다는 욕망이 강했다. 어떻게 하면 스펙터의 진짜 모습을 더 알아낼 수 있을까 고민이 되었다.

"그런데 왜 나를? 내가 뭐라고 날 파악해?"

그때 잔잔하던 게임 속 전장이 폭발하듯 요동치기 시작했다. 통신 채널에서 알아들을 수 없는 잡음이 튀었다. 이어서 하늘을 가르는 포격음이 연이어 들려왔다. 리버스와 스펙터가 있는 바로 그 지역 전선의 중심이 새롭게 벌어지는 전쟁터가 되어 버렸다.

고장 난 듯 움직이지 않던 스펙터가 그 순간 몸을 돌렸다. 고개를 들고 하늘을 올려다보더니 푸른 광선을 뿜으며 떨어지는 드론 하나를 정확히 추적했다.

목표 신호 확보. 작전 재개.

스펙터의 음성과 말투가 어느새 기계적으로 바뀌어 흘러나왔다. 리버스가 쓰러진 자리에 새로운 침투조 병력이 몰려들고 있었다. 리버스는 시간이 되어 다시 살아났고 전쟁은 다시 시작되었다. 이후 스펙터의 이상 반응은 없었다.

며칠 동안 리온은 수업에 거의 집중하지 못했다. 그날 게임은 그렇게 끝났지만 리온은 게임에서 빠져나오지 못했다. 선생님의 목소리는 칠판 앞에서 사라지고 공책 위에는 스펙터의 말들만 반복해서 적었다.

살아야 해. 생존이 얼마나 중요한지 알게 될 거야. 살아야 해…….

문장들 밑에 리온은 작은 물음표를 여러 개 그렸다. 그러다 스펙터가 정말 그 말을 한 걸까 의심이 들었다. 손 글씨는 점점 또렷해졌지만 머릿속은 점점 흐려지는 기분이었다.

학교 수업을 마치고 집으로 돌아온 리온은 게임 커뮤니티의 게시판을 샅샅이 뒤지기 시작했다. AI 캐릭터의 기능이 어디까지인지 알고 싶었다. 먼지가 쌓인 듯한 디지털 공간에서 수많은 게시 글들이 스크롤을 따라 흘러내렸다. 업데이트 기록, 버그 리포트, 그리고 개발자들의 오래된 토론들과 몇 년간 방치된 듯한 게시물들 사이에서 AI 캐릭터와 관련된 자료를 찾아보았다.

대부분은 유저들의 추측이거나 단편적인 정보였지만, 그중 몇 개는 공식 개발자 노트나 테스트 기록처럼 신뢰할 만해 보였다. AI가 전투 상황에 따라 행동 패턴을 바꾸거나 특정 신호를 감지하면 임무를 재개하는 기능이 있다는 내용도 있었다.

그러다 최신 글 목록 중에서 '삭제됨.' 표시가 붙은 글을 찾아냈다. 지워진 흔적이 오히려 호기심을 자극했다. 리온은 웹 아카이브를 열고 검색 엔진의 저장된 페이지를 뒤지며 과거의 흔적을 하나씩 되살렸다. 운 좋게도 며칠 전 저장된 글 하나가 살아 있었다. 대부분 단편적인 단어들로 쓰인 글이었다. '군사 협업 프로젝트.' '시뮬레이션 테스트.' '삭제된 버전.' 무의미해 보이는 키워드들이 눈에 들어왔다. 그러다 낯선 한 줄의 글이 리온의 시선을 붙잡았다.

적응형 전투 시뮬레이션 모드.(Adaptive Combat Simulation Mode.)

리온은 엄마와의 대화가 떠올랐다. 감정 동기화 AI가 군용 훈련 시뮬레이션 등에 쓰인다는 말이 귀에 남아 있었다. 리온은 해당 글을 쓴 사람의 아이디를 확인했다.

seth.neuron77.

찾아보니 동일한 아이디가 개발자 포럼과 소셜 미디어에 흩어져 있었다. 리온은 그 아이디가 흔적을 남긴 공간에서 여러 단서를 발견했다. 비공개 프로젝트에 대한 짧은 언급과 삭제된 코드 작업 기록이 남아 있는 것도 볼 수 있었다. 누군가 자세한 작업 내용을 묻는 댓글도 있었는데 '이건 아직 비공개야.'라는 답글은 그 자체로 단서였다. 이 모든 조각들이 게임과 관련해 감춰진 무언가가 있다는 것을 보여 주는 것 같았다.

좀 더 찾아보니 seth.neuron77은 한때 「프론트 라인」 개발에 참여했지만 중도 퇴사한 인물이었다. 리온은 그의 소셜 미디어와 개발자 커뮤니티를 뒤져 오래된 흔적들을 모았다. 결국 어렵게 seth.neuron77의 것으로 추정되는 이메일 주소를 찾아냈다. 그에게 스펙터에 대해 묻고 싶었다.

리온은 메일 작성 창을 띄워 둔 채 누구인지도 잘 모르는 상대에게 어떻게 질문해야 할까 고민했다. 어떻게 적어야 상대가 갑작스럽게 느끼지 않으면서도 상황을 이해할 수 있을까 싶었다.

우선 자신에게 일어났던 일들을 차례로 적었다. 그러다 너무 설명적인 것 같아 지우고는 AI 캐릭터가 게임에서 어디까지 활동할 수 있는지를 물었다.

"아니야. 이건 너무 피상적인 질문이잖아."

리온은 메일을 쓰고 지우기를 반복하다 결국 가장 묻고 싶은 질문을 남겼다.

seth.neuron77 님께

스펙터에 대해 알고 싶습니다.
스펙터가 특정 이용자와 동기화된 캐릭터인지, 아니면 그냥 AI인지.

리온 드림

리온은 힘주어 보내기 버튼을 눌렀다. 가슴이 두근댔다. 이제 상대가 메일을 읽기만을 기다리면 되었다.

하지만 메일은 밤늦게까지 '읽지 않음' 상태였고 그러니 답 메일 또한 받을 수 없었다. 다음 날도 마찬가지였다. 여러 번 메일함을 들여다봤지만 화면은 텅 비어 있었다.

그러다 오후 늦게 메일 하나가 도착했다. seth.neuron77이 보낸 메일이었다. 긴장감에 리온은 호흡을 고르고 메일함을 열었다.

그를 만난 건 너뿐만이 아니야. 하지만 알아본 사람은 아무도 없었지.

리온을 향한 인사도, 자신에 대한 소개도 없는 한 줄짜리 답변이었지만 seth.neuron77은 스펙터를 알고 있었다. 메일을 제대로 보낸 게 맞았다. 모호하지만 스펙터가 단순한 AI가 아니라는 걸 증명해 주는 답변이었다.

"그런데 왜 알아본 사람은 없다고 한 걸까?"

궁금함이 커진 리온은 서둘러 스펙터가 누구인지, 어떤 존재인지를 묻는 답장을 보냈다. 한 걸음 더 진전된 답변을 듣기를 원하며 전송 버튼을 눌렀다.

너무도 빠르게 답 메일이 왔다. 사용자를 알 수 없다는 반송 메일이었다. 이미 메일을 주고받았기에 주소를 잘못 입력하는 실수를 한 건 아니었다. 아마도 상대의 수신 서버에 문제가 생겼거나 설정 제한이 걸린 모양이었다.

"그런데 갑자기, 왜?"

우연인 건지 아니면 상대가 의도적으로 계정을 없앤 건지 알 수 없어 리온은 혼란스러웠다. 그렇다면 스펙터를 만나 물어야겠다는 생각이 들었다. 방법이 아예 없지는 않았다. 단둘이 만날 방법이.

리온은 「프론트 라인」에 접속했다. 다만, 이번엔 비공개 서버인 사용자 설정 모드였다. 다른 누구도 접속하지 않은 상태에서 오직 자신과 스펙터만이 만날 수 있는 공간이었다.

맵은 폐허가 된 사막 기지였다. 바람은 말라붙은 모래를 뿌리며 허공을 가르고, 부서진 철골 구조물은 마치 뭔가를 감추듯 지면을 반쯤 덮고 있었다. 광활한 모래 언덕 넘어 녹슨 전투 차량과 무너진 관측 탑이 보였다.

전투의 흔적이 남아 있는 유령 도시처럼 맵 전체에 황량한 기운이 감돌았다. 그는 자신의 캐릭터 리버스를 천천히 움직이며 파편이 흩어진 길목과 반쯤 묻힌 잔해 틈을 지나갔다.

"스펙터, 빨리 나와. 진짜 네 모습을 보여 줘!"

시야 한쪽에 흔들리는 금속 판자와 바람결에 날리는 검은 천이 스쳐 지나갔다. 몇 발짝 더 옮기자 오래 방치된 탄피들이 발밑에서 바스러지는 소리가 들렸다.

얼마 지나지 않아 스펙터가 조용히 나타났다.

이번엔 스펙터의 움직임이 달랐다. 사막 지역을 누비지도, 적을 탐색하지도 않았다. 그저 리온의 곁을 천천히 돌고 있었다.

침묵 속의 순찰.

둘만 있는 공간이라는 걸 아는 듯 뭔가를 확인하려는 듯한 움직임이었다.

리온은 손끝이 떨리는 것을 느꼈다. 마우스를 움켜쥔 채 조용히 물었다.

"······너 누구야?"

반응이 없을 수도 있었지만 그래도 물어야 했다. 대답할 때까지.

"나에게 동기화된 AI야?"

짧은 정적이 흘렀다. 스펙터는 고개를 들어 리온과 시선을 마주했다. 이제 진실에 한 걸음 더 가까이 갈 시간이었다.

나는 그였다.

스펙터가 답했다. 그의 대답을 듣는 순간 리온의 심장이 쿵쾅대기 시작했다.

"그? 누구를 말하는 거야?"

리온 자신과 스펙터가 아닌 다른 사람의 등장은 전혀 생각하지 못한 일이었다.

나는 그였던 걸 잊지 않아. 그리고 함께였던 너도.

스펙터의 목소리에 간절함이 담겨 있었다.

"······잊지 않는다니? 내가 함께였다니."

리온은 떨리는 목소리로 되물었다.

스펙터는 맵의 중심부, 붕괴된 벙커 앞에서 멈췄다.

그의 말은 바람처럼 천천히 흘러나왔다.

네가 날 알 수 있기를 바라.

모래바람이 일었다. 가상의 기지 안에서.

다음 날 아침, 늦은 술자리가 끝난 뒤 새벽에 귀가한 아빠는 이른 시간에 일어나 단정한 모습으로 출근 준비를 했다. 전날 밤의 흐트러졌던 모습은 온데간데없었다. 아빠는 흰 와이셔츠의 단추를 하나하나 채우며 거울 앞에 섰고, 넥타이를 고르게 매었다. 환자를 만날 때만큼은 의사로서 확신과 신뢰를 주어야 한다는 듯이.

아침 뉴스에서는 엄마가 일하는 회사의 증강 현실 기기 출시 연기 소식이 짧게 흘러나왔다. 기억 상실 증상이 일시적이며 단순한 사용 초기 적응 현상이라는 내용이었다. 식탁에 앉아 있는 엄마 표정에 조금이나마 근심이 덜어진 듯 보였다.

"이제는 증강 현실 기기 출시될 수 있는 거야?"

리온이 엄마와 함께 토스트를 먹으며 물었다.

"아니."

"왜?"

"사람을 위한 기술이라면 더 조심스러워야 하니까."

리온은 토스트 조각을 입에 문 채 잠시 멈추고서 엄마를 바라보았다. 단순한 개발자가 아닌 인간과 기술의 경계에서 균형을 잡는 모습. 리온이 어릴 적부터 좋아하고 존경했던 엄마의 모습이었다.

"잘 해결되길 바랄게. 엄마."

엄마는 멋쩍은 웃음으로 대답했다.

사실 리온은 사용자 설정 모드에서 만난 스펙터에 대해 좀 더 물어보고 싶었다. 하지만 지금 그 얘길 꺼낼 때가 아니라는 걸 알고 있었다. 상황이 조금 나아졌을 뿐, 사람들의 의구심과 우려를 해소하고 제품이 문제없음을 입증하기 위해 엄마는 계속 바쁠 것이다.

아빠가 병원을 개업하지 않았으면 어땠을까. 엄마가 회사에서 부서를 옮기지 않았다면 어땠을까. 아빠가 대학 병원에 계속 있었다면 진료 이외의 것들은 생각하지 않아도 됐을 거다. 엄마가 VR에서 AR 연구팀으로 옮기지 않았다면 지금 벌어진 기기 부작용 문제로 힘들어하지 않았을 거다.

계속해서 어려움에 직면하는 부모님을 보고 있으니 언제까지 힘들게 살아야 하는 건가 싶었다. 삶이라는 건 선택과 그에 대한 책임을 끝까지 감당해 내는 일의 연속인 모양이었다.

학교에 도착한 리온은 수업에 집중하려고 애써 보았다. 하지만 교과서 위로 글자 대신 게임 화면이 겹쳐 보였다. 동기화된 AI, 예측 불가능한 움직임, 그리고 스펙터의 마지막 시선이 머릿속을 떠나지 않았다. 선생님의 설명은 귀에 들어오지 않았고 필기하려던 손은 몇 번이나 허공에서 멈췄다. 생각이 너무 많고 복잡해진 이때가 게임을 그만둬야 할 때인 것 같았다. 다음 모의고사는 조금이라도 나아져야 한다고 생각하며 종례 시간 휴대폰을 확인하는데 메일 알람이 울렸다. 리온은 발신자를 확인하는 순간 가슴이 뛰었다.

seth.neuron77이 보낸 메일이었다.

곧바로 메일을 열어 보고 싶은 충동이 치밀어 올랐다. 담임 선생님이 다음 달에 있을 중간고사와 학교 일정 등에 대해 얘기하고 있었지만 하나도 귀에 들어오지 않았다.

'메일에 어떤 내용이 담겨 있을까? 스펙터에 대한 이야기는 있을까?'

seth.neuron77이 보낸 메일을 읽고 나면 교실을 뛰쳐나갈지도 모른다는 생각이 들었다. 우선은 숨을 고르고 학교에서의 일정을 차분히 마무리하려고 애썼다.

선생님이 종례를 마치고 교실 밖으로 나가자마자 리온은 가방을 움켜쥐고 교문 밖으로 달려 나갔다. 길을 가로질러 나가 신호가 바뀐 줄도 모르고 횡단보도를 뛰어넘었다. 급정거하는 차의 브레이크 소리에 정신이 번쩍 들었다. 운전자가 창문을 내리고 소리쳤지만, 리온은 허리를 굽혀 사과한 뒤 다시 뛰어갔다.

집에 도착해서야 리온은 겨우 숨을 돌릴 수 있었다. 등을 벽에 기대고 바닥에 털썩 주저앉았다. 온몸에서 땀이 식고 나서야 손에 쥐고 있던 휴대폰을 켜 메일함을 열었다. 손가락이 떨렸다.

대상자: Илья Sidorov
상태: 실종, 사망 추정
훈련 코드: MIRR_47
상태: 감정 기반 응답 지속됨. 삭제 명령 거부.

「프론트 라인」은 여러 프로그램 중 하나였어.

여기까지야. 내 대답은.
이 메일 계정은 이제 영구히 삭제된다.

리온은 한참 동안 메일 내용을 쳐다보았다. 무슨 내용인지 전혀 이해할 수 없었다. 그러다 훈련 코드라는 단어에 집중했다.

"미르 47?"

어딘가 익숙했다.

"설마?"

순간 리온은 숨이 막혔다. 이 년 전 함께 게임을 했던 팀원의 닉네임이 미르 47이었다. 그는 전략적으로 날카롭고 감정 표현을 절제하는 플레이어였지만 때때로 전장의 숨통을 트는 농담을 던져 리온을 웃게 만들곤 했다. 열일곱 살이라는 소개와 다르게 능청스러운 모습을 보이기도 해 닉네임을 농담 삼아 '1947년생'이 아니냐고 묻기도 했었다. 그런데 어느 날부터 그를 볼 수 없었다. 그리고 곧 그의 계정도 사라졌다. 그렇게 잊었던 닉네임을 여기서 다시 보게 될 줄은 몰랐다.

"미르 47이 왜?"

다시 메일을 들여다보는 리온의 눈에 '실종, 사망 추정. 감정 기반 응답 지속. 삭제 명령 거부.' 라는 문장들이 눈에 들어왔다.

'훈련 코드? 훈련 코드가 닉네임이라고?'

메일 내용대로라면 '47'이라는 숫자가 훈련자의 식별 번호일 수도 있겠다는 생각이 들었다.

리온은 게임에 접속해 이용자 정보창에 'MIRR_47'을 넣었다. 결과는 존재하지 않는 이용자. 화면에 'Unknown User'라는 단어가 떠올랐다. 그는 온라인 세계에 없었다.

그렇다면 미르 47의 흔적이 게임에 남아 있는 건가? 게임 계정의 주인은 떠나도 그가 남긴 흔적은 데이터 패턴의 형태로 저장되어 남는다. 그가 만약 AI 게임을 통해 무언가를 훈련했다면 아직 그 자취가 남아 있을 수도 있었다.

리온은 스펙터를 다시 만나야겠다는 생각이 들었다. 스펙터가 미르 47이었는지 묻고 싶었다. 조급한 마음에 다시 사용자 설정 모드로 들어갔다.

"스펙터, 나와! 그리고 말해. 네가 누군지."

리온은 게임 캐릭터 리버스의 모습으로 고요한 맵 안에 섰다. 바람 소리와 저음의 배경음만 흐르는 공간. 예전 미르 47이 게임 중 자주 서던 각도를 따라가 봤다. 미니 맵의 사각지대에 붙어 시야를 좁히는 자리. 매복과 후퇴를 번갈아 하던 그 루틴. 오늘은 꼭 스펙터의 정체를 알아내겠다고 마음을 다잡았다.

그때 전방에 실루엣이 나타났다. 이름표가 뜨지 않는 병사 모델. 아무런 표식도 없고 아군, 적군 식별도 되지 않았다. 스펙터였다. 그는 움직이지 않았다. 이곳에 속하지 않은 존재처럼 그저 전장을 응시하고 있었다.

"스펙터, 네가 미르 47이야?"

리온이 물었다. 답변 대신 화면 상단에 시스템 메시지가 아닌 낯선 회색 글자가 겹쳐 나타났다.

Идут Архитекторы. Буду удалён.

"무슨 말을 하는 거야?"

설계자들이 오고 있어. 난 곧 삭제될 거야.

"그들이 누군데?"

……하지만 나는 아직 여기에 있어.

잠깐 사이 화면에서 스펙터가 사라졌다.

리온은 자리에서 벌떡 일어나 모니터를 쳐다봤다. 머릿속이 하얗게 지워진 듯, 몇 초간 아무 생각도 나지 않았다. 스펙터가 왜 갑자기 사라진 것인지 이해할 수 없었다. 다시 한번 사용자 설정 모드로 접속했지만, AI 캐릭터 목록 어디에도 스펙터는 남아 있지 않았다. 리온은 침착하려고 노력했다.

"어떻게 해야 하지?"

리온은 미르의 흔적을 찾기 위해 예전에 그와 주고받았던 대화 기록을 찾았다. 목록을 아래로 내려 오래 묻혀 있던 창을 발견했다. 먼지 쌓인 골방처럼 잊힌 게임 채팅 기록이었다. 자동 번역된 문장들이 짧게 남아 있었고, 그 속에서 미르의 목소리가 희미하게 살아 있는 듯했다.

MIRR_47: 넌 공격 타이밍 좋아진다. 곧 순위 오를 듯.
리온: 고마워. 나중에 듀오 하자.
MIRR_47: 듀오는 못 할 듯. 다음 주부터 접속 못 해. 군대에 간다.

미르 47과의 마지막 대화였다. 리온은 미르의 말이 게임을 그만하기 위한 핑계라고 생각했다. 하지만 그날 이후, 미르 47은 게임에 다시 나타나지 않았다. 당시 리온은 몇 차례 메시지를 보냈지만 돌아오는 답은 없었다. 마지막 대화 기록은 이 년 전에 멈춰 있었다.

게이머 중 누군가는 그가 군대에 스스로 간 게 아니라 전쟁에 끌려 나갔다는 말을 하기도 했다. 당시 미르 47은 학생이라고 했기에 설마 싶었지만 그해 미르 47의 나라에 실제로 전쟁이 터졌고 아직도 이어지고 있었다.

"파타라피스 브레메니 말라."

"베기!"

게임 중 미르 47이 자주 외치던 말이었다.

'미르가 진짜 전쟁에 나갔다면?'

리온의 머릿속에 '적응형 전투 시뮬레이션 모드.'라는 문장이 떠올랐다. 직감처럼 퍼즐이 맞춰졌다. 그동안 스펙터의 이상 반응을 설명할 수 없었던 이유가 연결되는 순간이었다.

손이 떨렸다. 리온이 아는 전쟁이라면 맵이 열리고, 팀이 나뉘고, 카운트다운이 끝나면 총성이 울린다. 체력이 깎이고, 경고음이 울리고, 쓰러지면 재시작 버튼이 생긴다. 죽음은 잠깐의 대기 시간일 뿐이어서 몇 초 뒤면 다시 살아나 전투에 복귀할 수 있다.

하지만 진짜 전쟁이라면 다를 것이다. 아군의 위치와 적의 규모를 확인할 수 없다. 실수 한 번이면 화면이 어두워지는 대신 총상을 입을 수도, 눈앞이 캄캄해질 수도 있다. 팀원은 로그아웃하지 않는다. 쓰러지면 그대로 전장에 남는다. 재접속도, 다시 시작 버튼도 없다. 헤드셋을 벗으면 끝나는 게임과 달리 한밤에도 포성은 계속될 것이다.

그 차이를 떠올린 순간, 리온은 자신이 지금까지 알고 있던 전쟁이라는 단어가 얼마나 가벼웠는지 깨달았다. 아빠의 병원 재정 문제, 엄마의 직장 일. 자신의 부진한 학교 성적. 그 모든 것들이 순간 아무것도 아닌 일로 느껴졌다. 전쟁 앞에서는 모두가 하찮은 일이었다.

"게임으로 군인을 양성한 거야?"

어쩌면 미르 47은 게임을 통해 전쟁 적응 훈련을 받고 있던 것일지도 모른다. 「프론트 라인」은 그 훈련 중 하나였고. 그렇다면 진짜 전쟁이 터지자 실전 배치 훈련을 마치고 전쟁터에 투입됐을 수도 있었다.

리온은 이제야 어렴풋이 이해할 수 있었다. 전장 한복판에서 스펙터가 돌연 멈춰 서 있던 이유. 리온에게 살아야 한다고 말했던 이유.

스펙터는 단순한 버그가 아니었다. 미르 47의 움직임이 남긴 흔적이었다. 사라진 계정의 궤적이 데이터로 눌어붙어 남은 뒤 응답하듯 되살아난 그림자였다.

스펙터가 말한 설계자들은 누구일까? seth.neuron77을 설계자라고 부를 수 있을까? 아니, 아닐 것이다. 그 또한 설계자의 도구였을 것이다.

전쟁터에 간 미르 47은 지금 살아 있을까. 실종, 사망 추정이라는 말은 말 그대로 추정일 뿐이다.

리온은 '나는 아직 여기에 있어.'라는 스펙터의 마지막 말이 다시 떠올랐다.

전쟁의 프론트 라인에 선 미르는, 지금 어디에 있을까?

나무의 시간

나무가 움직였다.

자정이 넘은 시간이었다. 서진은 알고 있었다. 수백 년도 넘게 산 느티나무가 집으로 조금씩 가까이 오고 있다는 걸. 보도블록 이 들썩거릴 정도로 뿌리를 뻗으며 나무 밑동부터 집으로 향하고 있다는 걸.

나무가 움직였다.

서진은 자리에서 일어나 창가로 갔다. 밖을 내다보니 온통 안개 가 깔려 있어 길 건너편 집들이 보이지 않았다. 그럼에도 어둠 속 에서 흔들리는 나뭇가지는 무척이나 선명했다. 바람이 불지 않는

데도 창으로 뻗은 나뭇가지가 손짓하듯 좌우로 움직였다. 서진은 그 손짓이 자신을 향한 것이라고 느꼈다. 절실하게 자신을 부르고 있다고. 서진은 잠옷을 입은 채로 마당으로 나갔다. 맨발이었다.

나무가 말했다.
그들만의 방식으로.
흙을 딛고 있는 서진의 발끝을 통해 온몸으로 소리가 전달되었다.

어머니……가, 가.

한 그루의 나무가 말하는 것이 아니었다. 여러 나무의 목소리가 함께였다. 땅으로 이어진 수많은 나무들이 한꺼번에, 그리고 애쓰며 말하고 있었다.

어머니……가 ……다.

목소리는 처음에 모호했지만 시간이 지날수록 분명해졌다.

어머니 나무가…… 쓰러졌다, 다.

한 달 전, 여름 방학을 보내던 서진은 멀리 떨어진 숲에서 생태 탐방 캠프를 마치고 느티울 마을로 돌아왔다. 친구 태오와 하연 도 함께였다. 여러 생태 프로그램에 야외 생활 적응 훈련까지 마치고 온 터라 모두가 지쳐 있었다. 기차에서 내리자마자 숲과 달리 건조하고 더운 저녁의 공기가 가장 먼저 아이들을 맞았다.

"다시 숲으로 가고 싶다."

하연이 숲의 냄새를 떠올리며 혼잣말하듯 말했다. 식물에 관심이 많은 하연과 태오는 캠프 프로그램 하나하나에 모두 열정적으로 참여한 아이들이었다. 신문사에서 일하는 아빠가 환경 분야를 맡게 된 이후 숲에 조금씩 관심이 생겼던 서진도 그런 친구들을 따라 열심을 냈다.

"이번 생태 탐방은 정말 특별했어. 아직도 잘 보존된 숲이 남아 있다는 게 신기할 정도야."

"맞아, 꼭 사막의 오아시스 같았어."

아이들 말에 서진도 공감했다. 뜨겁고 건조한 여름의 태양 빛을 지나 숲으로 들어가는 순간, 몸에 닿는 느낌이 달라졌다. 온도와 습도, 그리고 코끝에 닿는 나무 향까지. 산뜻하면서도 서늘한 물기를 품은 향기가 아이들을 감쌌다. 주위에 야생화나 꽃이 피는 나무가 있나 둘러봤지만 잎사귀가 무성한 나무들뿐이었다. 기분

좋은 향은 숲에 머무는 내내 아이들과 함께였다.

하지만 숲을 벗어나 도착한 마을은 전혀 달랐다.

"너무 건조해서 숨을 쉬기 힘들 정도야."

하연의 말에 서진은 고개를 끄덕였다.

"맞아, 답답해."

아이들은 데리러 올 부모님을 기다리며 어둠이 내려앉고 있는 역 앞 풍경을 보았다. 한때 느티나무가 많아 이름이 느티울이 된 마을이지만 이젠 예전의 풍경을 찾아볼 수 없었다. 몇 년 전부터 눈에 띄게 비가 오는 날이 줄고 건조한 날씨가 이어졌다. 산과 공원의 나무들은 물론 가로수들도 하나둘 잎이 누렇게 변하며 죽어 갔다.

봄이 찾아올 때마다 사람들은 계속 관리할 나무를 결정해야 했다. 시든 나무는 베어 냈고 말라 버린 잔디는 걷어 낸 뒤 인조 잔디를 깔았다. 생존한 나무는 물을 적게 흡수해도 버틸 수 있도록 가지를 성글게 쳐냈다. 듬성듬성 나뭇가지가 잘려 나간 나무들의 모습은 얼핏 보면 대충 깎아 놓은 연필들 같았다.

"서진아, 너희 아빠 오셨다."

하연이 기차역 앞에 멈춰 선 검은색 승용차를 보며 말했다.

"취재 때문에 늦는다고 하더니."

서진이 짐을 챙겨 일어났다.

"우리 엄마도 도착할 때가 되었는데."

태오는 자리에서 일어나 도로를 살폈다. 집이 가까운 하연과 함께 갈 예정이었다.

"나 먼저 갈게. 둘 다 조심해서 가고."

"그래, 개학하면 보자."

서진은 친구들과 눈인사를 한 뒤 아빠에게로 향했다.

"캠프 재밌었어?"

아빠의 물음에 서진은 고개를 끄덕였다.

"응, 근데 일은 다 끝내고 온 거야?"

서진이 배낭을 건네자 아빠가 차 뒷자리에 실었다.

"그럼, 다 끝냈지."

"무슨 일인데?"

"어떤 기업이 산림 연구소에서 하는 복원 프로젝트를 후원한다고 하잖아. 협약식 한다길래 취재하고 왔지."

"나 때문에 쫓기듯 온 건 아니고?"

"걱정하지 않아도 돼. 잘 마치고 왔어."

차 뒷자리 정리를 마친 아빠는 운전석에 앉았다.

"어, 손에 든 건 뭐야?"

아빠가 검은 비닐봉지를 안고 차에 타는 서진에게 물었다. 서진은 비닐봉지를 살짝 벗겨 보여 주었다. 플라스틱 생수병에 어린 나무 하나가 담겨 있었다. 반듯한 줄기에 돋아난 연둣빛 작은 잎사귀가 차창을 통과한 흐린 가로등 불빛에도 반짝였다.

"······나무."

서진이 조심스럽게 말했다.

"나무라니, 무슨 나무?"

"은행나무."

아빠가 미간을 찌푸렸다.

"캠프에서 나눠 준 거야?"

"······."

"설마, 숲에서 네 맘대로 가져온 거야?"

아빠의 물음에 서진은 대답하지 못했다.

"숲은 수목림 보호 구역이라 허락 없이 나무를 가져오면 안 되잖아."

"이제 막 싹 튼 거라, 그냥 풀이라고 해도 될 정도야."

아빠는 고민하는 눈치였다.

"그래도 나무야."

"······이제 와서 다시 가져다 놓을 수도 없고."

서진이 포기하지 않는 얼굴로 버텼다. 그 모습에 아빠는 한숨을 내쉬고는 어쩔 수 없다는 듯 차에 시동을 걸었다.

"숲에서는 아무것도 가져오면 안 돼. 알았지?"

"안 그럴게. 절대로."

서진은 안도의 한숨을 내쉬었다.

차는 기차역을 벗어나 곧 외곽 도로로 접어들었다. 집으로 가는 길은 한산했지만 차는 좀처럼 속도를 내지 못했다. 거센 바람에 밀려 날아온 회전초들이 도로 위를 휩쓸며 굴러다니고 있었기 때문이다. 아빠는 속도를 올리려다 불시에 튀어나오는 회전초에 막혀 몇 번이나 브레이크를 밟았다.

"요즘 눈에 띄게 많아졌네."

아빠의 말에 서진은 창밖을 내다봤다. 도로를 가로질러 달아나는 회전초들이 자동차 바퀴만큼이나 커다란 덩어리가 되어 굴러가고 있었다. 불규칙하게 흔들리며 빠르게 굴러가는 그 무더기들은 이내 어둠 속으로 삼켜지듯 사라졌다. 살아 있는 무언가가 거침없이 거리를 활보하고 다니는 것 같은 착각에 서진은 잠시 으스스한 기분이 들었다.

집에 가까워지자 차창 밖으로 오래된 느티나무가 보였다. 예전보다 왜소해지기는 했지만 마을 사람들의 노력 덕분에 여전히 굵은 뿌리와 푸른 잎을 가진 나무였다. 느티나무는 언제나처럼 그 자리에서 서진을 반겼다. 아빠가 차를 주차하는 동안 서진은 은행나무부터 챙겨 집 안으로 들어갔다. 비닐봉지에서 꺼낸 은행나무의 모습은 숲에서 생수병에 옮겨 담았을 때와 제법 달라져 있었다. 기차와 차를 타고 이동하는 몇 시간 만에 나무뿌리가 생수병 밖까지 자라난 상태였다.

"나무를 너무 작은 병에 담아 온 거 아니야?"

아빠가 차를 주차하고 들어와 말했다.

"이상하다. 아까 전에는 쏙 담겼었는데."

서진은 머쓱한 얼굴이 되었다.

"우선 화분에 옮기자."

"마당에 안 심고?"

"응, 화분에."

집에 빈 화분은 많았다. 근래 들어 키우던 나무들이 잇달아 죽었기 때문이다. 아빠는 마당으로 나가 무릎 높이의 흰색 화분 하나를 들여왔다. 서진은 아빠를 도와 화분을 옮겼다. 몇 달 전까지 일 미터도 넘는 크기의 떡갈 고무나무가 심겨 있었지만 물을 과하게 주었는지 뿌리부터 썩어 가다 곧 말라 죽었다.

"여기에 심어."

아빠가 모종삽을 건네며 말했다. 서진은 은행나무를 조심스레 빈 화분으로 옮겼다. 줄기를 바르게 세우고 뿌리에 흙을 덮어 다지자 나무 주변으로 오묘한 기운이 감돌았다. 여러 갈래의 연한 싹이 작은 손가락처럼 펼쳐지며 푸르름이 번졌다. 화분이 제법 컸는데도 어린나무가 이상하리만큼 잘 어울렸다.

서진이 숲에서 봤을 때부터 그랬다. 둘레가 이삼 미터가 넘는 커다란 나무들 사이에서도 손바닥만 한 세 그루의 어린 은행나무들은 또렷한 존재감을 갖고 있었다.

"우리 한 그루씩 가져갈까?"

어린 은행나무를 발견했을 때, 함께 있던 태오가 먼저 제안을 했다.

"숲의 나무를?"

서진의 말에 태오가 주변을 조심스럽게 살폈다. 조별로 나뉘어 생태 관찰 활동을 하던 중이라 가까이에 다른 참여자들은 없었다.

"식물 분류학상 은행나무는 지구에 하나만 남아 있는 종이야. 다른 나무들은 보통 같은 무리에 속한 여러 종이 있지만 은행나무는 혼자만 살아남았지. 고생대 페름기부터 자라기 시작해서 대멸종 시기에도 버티고 후손을 남겼어. 그만큼 강한 생명력을 가지고 있는 나무니 우리 마을에서도 잘 클 거야."

태오는 식물에 관심이 많아 나무에 대해 잘 알았다. 하지만 아는 게 많다고 해서 안 되는 걸 가능하게 할 수는 없었다. 하연은 곧장 정색하며 대꾸했다.

"무슨 말을 하는 거야. 숲의 나무는 가져가면 안 돼. 게다가 은행나무는 멸종 위기종이잖아."

"그러니까 우리가 잘 키워서 더 많이 퍼트려 줄 수도 있지. 이렇게 깊은 숲에서 자생하는 어린 은행나무를 만난 건 솔직히 기적 같은 일이야."

하연의 말에 서진은 주위를 둘러보았다. 시야가 닿는 어디에도 은행나무는 보이지 않았다. 은행나무 씨앗이, 그것도 어떻게 세 그루나 이 숲 한가운데에 뿌리를 내린 걸까?

서진이 기억하는 은행나무는 숲 입구 나무 전시관 앞에 홀로 서 있던 한 그루뿐이었다. 천 년을 살아온 고목이라고 들었지만 지금은 나무 전시관 앞에서 위태롭게 가지를 지탱하고 있었다. 나무의 거친 껍질은 세월의 무게를 고스란히 품고 있었고 드문드 문 붙은 잎사귀는 가벼운 바람에 힘없이 떨어져 나갔다. 나무 주위는 텅 비어 있었다. 전시관 확장을 명분으로 주변의 나무들을 모조리 베어 버린 탓이었다. 고목 하나만이 홀로 서 있는 광경은 숲을 잃어 가는 황량함을 더 짙게 보여 주는 듯했다.

"숲에 들어올 때 봤던 은행나무 씨앗이 이곳까지 옮겨져서 뿌 리를 내린 걸까?"

서진의 말에 하연은 고개를 가로저었다.

"아닐 거야. 여기까지 거리가 제법 돼."

한 시간 정도 걸어 들어왔기에 하연은 그럴 가능성이 전혀 없 다고 판단했다.

"그렇다면 소나무나 전나무, 참나무만 가득한 이 숲에서 어떻 게 은행나무가 그것도 세 그루나 싹을 틔웠을까?"

"글쎄."

어린 은행나무 주위에는 검붉은 낙엽들만 가득했다. 그랬기에 연초록 잎을 틔운 어린 은행나무가 아이들의 눈에 더 들어왔다.

"이제 막 자라난 싹이잖아. 나무라고 하기에는 너무 어려."

태오가 하연을 보며 말을 이었다.

"네 말대로 은행나무는 숲보다 사람이 관리하는 게 번식에 유리할 거야."

어느새 하연은 쭈그리고 앉아 나무를 쳐다보았다.

"가져가면 잘 키울 수 있을까?"

하연의 모습을 보고 있던 서진도 마음이 흔들렸다.

"너희들 생수병 있어?"

태오는 갖고 있던 생수병의 물을 다 마시고는 배낭에 걸려 있던 다용도 칼을 꺼냈다. 병의 윗부분을 조심스럽게 잘라 낸 뒤 은행나무 싹을 약간의 흙과 함께 옮기니 안으로 쏙 들어갔다.

"난 가져갈 거야. 너희들도 어떻게 할지 결정해."

태오의 말에 머뭇대던 하연도 가방에 있던 생수병을 꺼내 은행나무 싹을 옮겨 담았다. 그러고는 불안하면서도 뿌듯한 표정을 지었다. 태오와 하연의 시선을 느낀 서진도 결국은 생수병을 꺼내 들었다. 그렇게 세 사람은 각자 어린 은행나무 한 그루씩을 챙겼고 가방 안에 넣어 느티울 마을로 돌아왔다.

"당분간은 화분에서 키우자."

서진이 나무에서 눈을 떼지 못하는 사이 아빠가 옷을 갈아입고 와 말했다.

"언제까지?"

"글쎄, 메마른 날씨 때문에 마당에 있는 나무들도 베어야 할 정도야. 더 자랄 때까지는 화분이 나을 거야. 그리고……"

"그리고 뭐?"

"혹시라도 숲에서 가져온 나무라는 걸 마을 사람들이 알게 되면 문제가 생길 수 있으니까."

아빠 얼굴에 불편한 기색이 엿보였다. 서진은 그런 아빠에게 다짐하듯 말했다.

"잘 돌볼 거야. 숲에서 자라는 것보다 더."

개학 날 아침, 학교에 가려고 나서던 서진은 거실 창가에 놓인 화분을 힐끗 바라보았다. 불과 일주일 전만 해도 손바닥만 하던 은행나무가 어느새 갈색 줄기를 드러내며 훌쩍 자라 있었다. 눈대중으로 보아도 이미 일 미터는 넘는 듯했다. 화분과 나무의 크기가 이제야 균형을 이룬 모습이었다.

"은행나무가 이렇게 빨리 자라나?"

서진은 혼잣말처럼 중얼거렸다. 처음 집으로 들고 왔을 때는 금세 시들까 걱정했는데 그런 우려가 무색할 정도로 잘 자랐다. 괜히 불안해했다는 생각에 마음이 놓였다. 오히려 숲에서 가져오길 잘했다는 확신까지 들었다.

문득 태오와 하연의 나무는 얼마나 자랐을지 궁금해졌다. 캠프에서 돌아오자마자 태오는 한 대학에서 열리는 청소년 대상 생물

학 세미나에 참가했고, 하연은 엄마와 여행을 떠나 둘 다 바빴다. 그럼에도 서진은 두 친구의 화분 속 은행나무들이 잘 자라고 있을 거라 생각하며 집을 나섰다.

학교에 도착하니 태오가 책을 읽고 있었다. 책 표지엔 어김없이 초록빛 식물 사진이 있었다. 보나 마나 식물 관련 책일 거라고 서진은 생각했다. 숲에서 가져온 은행나무가 얼마나 컸는지 묻고 싶었지만 듣는 사람이 많은 교실에서 이야기를 꺼내기는 쉽지 않았다.

서진은 마음을 접고 자습 시간에 읽을 책을 꺼냈다. 그때 뒷문이 열리며 하연이 무거운 걸음걸이로 들어왔다. 늘 생기 넘치던 얼굴이 오늘따라 굳어 있었다. 서진은 의아한 시선으로 하연을 바라보았다.

"무슨 일이 있나?"

1교시가 끝나자마자 하연은 서진과 태오를 교실 밖으로 불러냈다.

"왜? 할 얘기 있어?"

서진은 호기심과 걱정이 뒤섞인 목소리로 물었다.

"별일은 아니야."

하연이 말을 얼버무리는 모습에서 서진은 심상치 않은 기운을 느꼈다.

"무슨 일인데, 정확하게 말해."

태오가 재촉하듯 물었다.

"캠프에서 돌아온 날 숲에서 가져온 은행나무를 마당에 놓았는데……."

"왜? 누가 나무 얘기해?"

서진은 은행나무를 주변 사람들에게 들킨 건가 싶어 마음을 졸였다. 혹시라도 숲에서 나무를 가져온 일이 알려지게 되면 돌려줘야 하는 것은 물론 학교에서 징계를 받을 수도 있었다. 생각만으로도 가슴이 철렁 내려앉았다.

"그건 아니고. 우리 엄마가 정원을 정말 애써 가꾸잖아."

하연의 엄마는 플로리스트이자 정원 예술가로 잘 알려져 있었다. 그랬기에 마을 사람 대부분이 마당의 시든 나무를 정리하는 중에도 하연네 집 정원의 여러 나무와 화초는 시들지 않았다.

"그런데?"

태오가 채근했다.

"숲에서 가져온 나무를 아무 데나 심으면 엄마가 싫어할 것 같아서 생수병 채 마당 구석에 놓았는데…… 나무가 하루 만에 뿌리를 내렸어."

"빨리 자랐네. 그런데 왜?"

태오가 당연한 얘길 한다는 표정을 짓자 하연이 작게 한숨을 내쉬었다.

"뿌리가 생수병을 뚫고 자랐다고."

"무슨 말이야?"

서진은 이해가 가지 않았다. 어린나무의 뿌리가 페트병을 뚫을 정도의 힘을 가졌다는 것이. 하지만 자신이 가져간 나무도 그대로 놔뒀다면 생수병을 뚫었을지 모른다. 아빠 차를 타고 가는 사이 뿌리가 밖에까지 뻗어 있었으니 말이다.

"여행을 다녀오니 생수병이 다 뜯겨 나갈 정도로 자라 버렸더라고. 그래서 결국 엄마도 알았어……. 우선은 나무가 정원에 맞지 않는다며 다른 곳으로 옮겨 심어야 한대."

"숲에서 가져온 나무라는 걸 아셔?"

서진이 물었다.

"아니, 아직 거기까지는 말 못 했어. 그래서 방법을 고민하고 있어. 너희들 나무는 어때? 잘 키우고 있어?"

하연의 물음에 서진이 주위를 살피며 대답했다.

"나는 캠프에서 돌아온 날 바로 화분에 나무를 심었어."

"태오, 너는?"

태오가 대답하지 못하고 머뭇거렸다.

"그날 나무가 담긴 생수병을 차 트렁크 안쪽에 놨었는데."

태오의 말에 하연이 기억난다는 듯 대꾸했다.

"맞아, 내 짐까지 싣느라 안쪽에 놓았었어."

"그만 잊어버리고 나무를 챙기지 못했어. 집에 해외 배송으로 주문한 책이 와 있다는 얘기에 내가 좀 들떴나 봐."

태오가 잠시 뜸을 들였다.

"세미나 다녀와서 찾으니 없더라고."

"나무가?"

"엄마가 쓰레기인 줄 알고 주차장 구석에 던져 놓고 출근했대."

"뭐? 그럼 나무는?"

서진이 황당하다는 얼굴로 물었다.

"죽은 거야?"

태오가 무겁게 고개를 끄덕이자 하연의 얼굴에 안타까움이 스쳤다.

"며칠 지났어도 심으면 살 수 있었을 텐데."

"그래서 나도 심으려고 했거든. 근데 다른 문제가 있었어."

태오가 말끝을 흐리며 고개를 숙였다.

"무슨 문제? 책보다 가치가 없어서 나무가 하찮게 보인 문제?"

하연이 조금은 짜증 섞인 목소리로 물었다.

"아니, 그런 거 아니야."

"그럼 무슨 이유였는데?"

서진의 목소리에도 실망이 묻어났다. 나무를 가져오자고 열정적으로 설득했던 태오가 정작 자신의 나무를 돌보지 않았다는 사실이 서진을 답답하게 만들었다.

"지금 말하기는 좀……. 하여튼, 너희 오늘 수업 끝나고 시간 돼?"

태오가 화제를 돌리며 두 사람을 번갈아 바라보았다. 서진과 하연은 잠시 서로의 눈치를 살피다 고개를 끄덕였다.

"좋아, 그럼 수업 끝나고 보자. 가 볼 곳이 있어."

"그래, 그럼."

태오가 아이들의 반응을 살핀 뒤 손목시계를 확인했다. 이어 2교시를 알리는 종이 울리자 셋은 말없이 교실로 걸음을 옮겼다. 복도를 걸어가는 동안 아이들 사이에는 긴장감이 감돌았다.

교실 문을 열기 전, 하연이 걸음을 멈추더니 주위를 한 번 둘러보았다. 그러고는 목소리를 낮춰 태오와 서진에게 말했다.

"그런데…… 우리가 가져온 그 나무, 진짜 은행나무 맞겠지?"

태오는 고개를 끄덕였다.

"나무가 너무 빨리 자라는 거 같아. 꼭 열대 우림에나 있는 나무처럼."

서진의 머릿속에도 비슷한 의문이 맴돌고 있었다.

"맞아, 내가 가져온 나무도 벌써 일 미터 넘게 자랐더라고. 뿌리를 내린 지 얼마나 됐다고……"

"나무가 풀도 아닌데 어떻게 그렇게 빨리 자라? 혹시…… 새로운 종 아니야?"

하연의 목소리는 호기심과 불안이 뒤섞여 있었다.

"은행나무의 새로운 종?"

서진의 표정이 무거워졌다.

학교 수업이 끝나고 아이들은 태오네 집으로 향했다. 서진은 무슨 일로 태오가 자기 집까지 가자고 하는 건지 궁금했다.

'은행나무를 죽인 일에 대해 변명이라도 하려는 걸까? 아니면 새로 구한 식물 책을 보여 주려고?'

하연 역시 궁금한 얼굴로 태오의 옆을 따라 걷고 있었다.

"너희들 생명체가 지구에 언제부터 나타났는지 알아?"

앞서 걸어가던 태오가 뜬금없는 질문을 던졌다. 하연은 망설임 없이 대답했다.

"사십오억 년 전, 지구가 생기고 나서 칠억 년 후에 단세포 생물이 생겼지."

"맞아."

태오가 고개를 끄덕이며 말을 이었다.

"지구 대륙이 현재의 모습을 갖추기도 전에 생명체가 생겨났어. 그런데 그게 좀 이상하지 않아?"

"뭐가?"

하연이 되물었다.

"아무것도 없던 지구에서 칠억 년 만에 스스로 생명체가 생겨난 거 말이야."

태오의 말에 서진은 생겨난 지 수십억 년이 지나도 생명체가 없다는 태양계의 다른 행성들을 떠올려 보았다.

"무에서 유가 창조되기에는 짧은 시간이기는 하지."

하연이 고개를 갸웃하며 말을 이었다.

"어쩌면 지구가 생길 때부터 이미 생명의 씨앗을 가지고 있었거나……."

"외계에서 왔을 수도 있지."

서진이 말을 보탰다. 하연이 좀 건너뛴 생각이라는 듯 쳐다보자 서진이 다시 말했다.

"외계의 어떤 힘에 의해 생명체의 기원이 나타났을 수도 있다는 거야."

"그럼 너는 생명체가 존재하는 다른 행성이 있다고 생각해?"

"지구와 같은 조건의 행성이 먼저 만들어졌다면 당연히 그럴 수도 있지."

서진은 확신을 갖고 답하고는 물끄러미 태오를 바라보았다.

"그런데 왜 생명체 얘길 꺼낸 거야?"

태오는 머뭇거리다 대꾸했다.

"지구에 식물이 언제 나타난 건지 궁금해서 찾아봤거든. 초기 식물은 지금을 기준으로 사억 칠천만 년 전쯤에 나타났더라고. 초기 인류는 고작 삼십만 년밖에 안 되는데 말이야."

"음, 그럼. 사억 육천만 년 넘게 차이가 나네."

하연의 말에 태오가 고개를 끄덕였다.

"무에서 유를 만들어 낸 시간이 칠억 년이야. 식물이 인류보다 더 존재한 사억 년이 넘는 시간도 많은 것을 이룰 수 있는 시간이지. 그런 식물에게 우리는 모르는 힘이 있지 않을까?"

태오는 말을 끝내고는 걸음을 멈췄다. 그러더니 손을 들어 앞을 가리켰다. 아이들의 시선이 따라간 곳에 초록 덩굴 식물이 한 집을 뒤덮고 있었다. 처음 보는 낯선 풍경에 아이들의 입이 절로 벌어졌다. 건조한 날씨에 많은 물을 필요로 하는 덩굴 식물이 저토록 무성하게 자라났다는 것이 믿기지 않았다. 마치 누군가 집 위에 초록 조형물을 일부러 씌워 놓은 듯했다.

"어, 저 집 뭐야? 본 적 없는 집 같은데."

"나도 그래."

서진과 하연이 번갈아 중얼거렸다.

"그렇지? 그런데…… 저 집이, 우리 집이야."

태오의 말에 아이들은 놀라서 주위를 두리번거렸다. 빨간 벽돌집 옆에 자리한 저 집은 분명 태오네 집이 맞았다. 흰색 페인트가 칠해진 낮은 담장에 나무 대문이 있는 집이었다. 하지만 지금은 담장을 넘어선 초록 덩굴이 집 전체를 뒤덮다시피 하고 있었다.

"무슨 일이야. 방학 전까지만 해도 덩굴 같은 건 없었잖아."

서진이 믿기 힘들다는 얼굴이었다.

"그러니까 그게 이상한 거야. 며칠 사이에 저렇게 변했어. 어디선가 갑자기 가시박 덩굴이 나타나더니 담장을 넘고 벽에 달라붙어서 순식간에 퍼져 나갔어. 마치 주위 모든 식물이 우리 집을 향해 모여드는 것 같아."

말하는 동안 태오의 입술이 떨렸다.

"덩굴을 뽑아 버려야 할 것 같은데."

서진이 답답하다는 듯 손을 내저었다.

"부모님이 인부들을 불러 이미 해 봤어. 덩굴 밑동을 잘랐는데도 다시 뿌리를 내리더라고."

"그게 말이 돼?"

"덩굴이 마치 살아 있는 생명체처럼 집을 조여 오는 것 같아."

태오는 다른 무언가를 보여 주려는 듯 아이들을 집 앞까지 데리고 갔다. 그러고는 나무 담장이 흙에 박혀 있던 밑동까지 드러낸 채 쓰러져 있는 모습을 보여 주었다.

"왜 이렇게 된 건데?"

하연의 말에 태오가 흙 위로 튀어 오른 뿌리를 가리켰다.

"가로수 뿌리가 마당까지 파고들었어."

아이들은 길가에 있던 플라타너스 뿌리가 마당 안쪽까지 들어와 있는 것을 확인했다. 나무뿌리가 마당을 뒤틀어 놓은 것처럼 여겨질 정도였다.

"그리고 사라졌어."

"뭐가?"

"숲에서 가져온 은행나무."

"설마, 다시 찾아봐."

하연은 말도 안 된다는 듯 고개를 가로저었다.

"세미나에 갔다가 돌아왔을 때는 찾을 수 없었어. 아무도 손대지 않았다고 하는데 말이야. 그게 내가 나무를 다시 심지 못한 이유야."

서진과 하연이 마당 한쪽 주차장을 둘러보았다. 태오가 가리킨 곳에는 나무를 담아 온 흙이 담긴 생수병과 검정 비닐봉지만이 덩그러니 놓여 있었다.

태오와 헤어지고 집으로 향하며 하연이 서진에게 물었다.

"나무가 어디로 사라진 걸까?"

"글쎄."

"혹시 태오네 부모님이 버리고 미안해서 모른 척하시는 건 아니겠지?"

"그랬다면 생수병과 비닐봉지도 같이 버렸겠지."

서진의 대답에 하연은 고개를 끄덕이며 동의했다.

"어쨌든 가시박 덩굴에 대해 좀 알아봐야겠어."

사거리에 이르자 하연은 손을 들어 인사한 뒤 서진과 반대편 길로 사라졌다.

집으로 향하는 서진은 마음이 편치 않았다. 가까이에서 본 태오네 집은 비틀린 몸에 어울리지 않는 초록색 옷을 입고 있었다. 가로수 뿌리마저 마당 깊숙이 파고든 모습은 부자연스럽게 설치된 영화 세트장 같았다.

버스 정류장을 지나던 서진의 눈에 회전초 서너 개가 도로 위를 구르는 모습이 들어왔다. 도시 외곽에서나 보던 회전초가 이제 시내 한복판까지 굴러들어 오고 있었다. 외래종 식물이 자신의 생활권까지 침투했다는 생각에 서진은 본능적으로 영역을 침범당한 듯한 불쾌감을 느꼈다.

계속되는 건조 주의보 속에 외래종으로 유입된 회전초가 마을까지 밀려든 것이 불과 이 년 전 일이었다. 처음 회전초가 나타났을 때 사람들은 사막에서나 볼 법한 낯선 식물이니 곧 사라질 거라 믿었다. 하지만 간헐적인 비에 뿌리를 내린 회전초는 따뜻하고 건조한 날씨가 이어질 때마다 덩굴로 변신해 지역 곳곳으로 퍼져 나갔다.

산림청은 물론 지자체와 군부대까지 나서서 회전초를 제거하려 했지만, 최근 들어 그 수가 너무 많아져 손을 대기 어려울 지경이었다. 바람이 불 때마다 회전초는 마을을 가로질러 굴러다니며, 마치 살아 있는 생명체처럼 점점 더 대담하게 영역을 넓혀 갔다.

서진은 어느새 자신의 집 앞 느티나무 곁에 도착해 있었다. 옹이가 박힌 몸통으로 굵은 가지를 이고 세상의 변화에도 지치지 않고 푸른 잎을 피워 내는 나무였다.

서진은 그런 느티나무 나무갓 그늘에 서 있는 걸 좋아했다. 마음이 불편한 일들이 생길 때마다 단단한 나무 곁에 있으면 마음이 편안해졌다. 하지만 마을 곳곳의 나무들이 하나둘 죽어 가는 것을 보면서 서진은 이 느티나무마저 사라질까 걱정이 되었다. 없어져야 할 외래종 식물은 규모를 키워 가고 있는데 정작 지켜야 할 나무는 잃고 있었다.

'……느티나무도 움직일 수 있을까?'

서진은 매일 보던 느티나무가 근래 들어 많이 변한 것 같다는 생각이 들었다. 시간이 지나면 새잎이 돋고 가지가 더 넓게 퍼지니 계속 같은 형태로만 있는 건 아니겠지만 나뭇가지 사이로 보이는 하늘의 모양이 달라져 의아했다. 그냥 자신의 착각일 거라 여겼는데 태오네 집에서 벌어진 광경을 보고는 생각이 바뀌었다.

나무는 움직일 수 있었다. 그것도 생각보다 빠른 속도로.

서진은 집으로 들어가다 마당에 있는 아빠를 보았다.

"어, 집에 있었네."

서진의 인사에 아빠는 뒤돌아보며 웃음으로 답했다.

"뭐해?"

"응, 네가 가져온 은행나무 심었어. 생각해 보니 여긴 밖에서 잘 안 보이는 곳이라 심어도 괜찮을 것 같아."

한나절 만에 나무에 더 많은 잎이 돋아난 듯했다.

"뿌리가 제법 자랐더라고. 화분 밖으로 나올 정도로."

"정말?"

"응, 화분이 너무 벅차 보여서 생각난 김에 옮겨 심었지."

서진은 기존의 은행나무와 종이 다를 수도 있다고 한 하연의 말이 떠올랐다. 숲에서 가져온 나무에 평범한 은행나무들과 다른 어떤 것이 있을지도 모른다.

"서진아, 그거 아니? 자작나무 아래 부식토는 초콜릿 맛이 난대."

아빠가 몸을 낮추고 흙을 만졌다.

"초콜릿 맛? 왜?"

"나무뿌리에 진균이 붙어 있는데, 거기서 그런 맛이 난대."

서진은 고개를 끄덕였다.

"진균을 통해 식물이 영양분을 나누고 공존하는 거지. 그것뿐만이 아니야. 화학적 신호를 통해 서로 소통하고 정보를 전달하기도 해."

아빠는 손에 묻은 흙을 털고 자리에서 일어났다.

"그래서 화분보다는 땅에서 자라는 게 더 좋다고 하더라."

아빠는 취재 경험 덕분인지 확실히 나무에 대해 많은 것을 알게 된 것 같았다.

"아빠, 혹시 나무가 움직이기도 해?"

아빠는 무슨 말인지 모르겠다는 듯 고개를 갸웃했다.

"사람처럼 자유롭게는 아니더라도, 조금씩이라도 나무가 움직일 수 있을까?"

"왜 그런 질문을 해?"

"태오네 집에 덩굴 식물이 갑자기 자라났어. 가로수 뿌리도 마당 안까지 들어오고."

서진은 아빠가 질문을 제대로 이해할 수 있을까 싶었지만 아빠의 대답은 생각보다 명쾌했다.

"식물도 천천히 시간을 두고 움직이지. 어떤 식물이 어떤 환경에 놓였느냐에 따라 달라질 뿐, 식물들도 각자의 속도로 움직여. "

아빠는 태오네 집에서 일어난 일들에 대해서도 그럴 수도 있다는 듯 말하고는 집 안으로 향했다. 서진이 뒤따라가며 나무가 태오네 집 담장까지 넘어뜨렸다고 얘기했지만 아빠는 나무가 아닌 땅의 문제일 수 있다며 심각하게 받아들이지 않았다. 그런 아빠의 무심한 반응에 서진도 마음 한구석의 불안함을 조금 내려놓았다.

며칠 뒤, 태오는 학교에 나타나지 않았다. 전날만 해도 덩굴이 창을 모두 가릴 만큼 자라났고 마당으로 뿌리를 뻗은 가로수가 집 쪽으로 더 다가온 것 같다는 얘기를 나눈 터였다. 결국 땅을 파내 근본적인 문제를 해결하겠다는 태오 부모님의 계획까지 전해 들었기에 태오의 결석은 단순한 일이 아닐지도 모른다는 생각이 들었다.

"왜 안 온 거지?"

하연의 목소리에 걱정이 묻어났다.

"태오 어제까지 별말 없었잖아. 아파 보이지도 않았고……."

"그러니까. 이유 없이 결석할 애도 아닌데."

서진도 말을 보탰다.

담임 선생님은 태오가 결석한 이유를 알지 못했다. 연락이 닿지 않아 확인하는 중이라고만 했다. 점심시간이 되어 소식을 전해 준 사람은 태오와 가까이 사는 옆 반 아이였다.

"태오네 집이 기울었대."

옆 반 아이의 말에 주변이 술렁였다.

땅이 꺼지면서 집 전체가 한쪽으로 기울었다는 것이다. 새벽녘, 지진이 난 듯 땅이 흔들리며 콰과쾅 하는 굉음이 들렸고 놀라서 집에서 뛰쳐나온 이웃 사람들이 모두 거리에 모였다고 했다. 경찰과 구급대가 도착하기 전까지는 무슨 일이 일어난 건지 알 수 없어 한동안 큰 혼란이 이어졌다고도 했다.

이야기를 듣는 내내 하연의 표정은 점점 굳어졌다. 잠시 후, 하연은 서진을 따로 불러내어 낮게 속삭였다.

"나도 들은 것 같아."

"무슨 소리?"

"새벽에 사이렌 소리."

"태오는 별일 없는 거겠지?"

"그럴 거야."

둘은 한동안 대화를 나누지 못했다. 확인되지 않은 말들을 이어 가고 싶지 않았다.

"나무뿌리 때문이야."

하연이 머뭇대다 말했다. 서진은 설마 싶었다. 집이 기울 정도
로 나무뿌리가 파고들었다니.

"아니, 아닐 거야. 땅이 꺼졌다는 거 보니 싱크홀인 것 같아."

서진은 차분하게 대꾸했다. 하지만 하연은 더 확고한 목소리로
말했다.

"전에 봤잖아. 가로수 뿌리가 마당을 파고든 거."

"그건 알지만……."

"싱크홀 때문이더라도 그 원인은 나무로 인해 생긴 걸 거야."

하연은 확신하고 있었다.

"안 되겠어. 직접 가야지. 태오도 만나고."

하연이 서진을 쳐다보았다.

"너도 갈 거지?"

서진은 고개를 끄덕였다. 태오네 집에 생긴 문제가 정말 나무
때문인지 확인해야 했다. 당연히 같이 가야 했다.

오후 수업 내내 서진은 심란했다. 당장 태오네 집을 찾아가고 싶
었지만 그럴 수 없어 답답했다. 하연도 같은 마음인 듯했다. 골똘
히 생각에 빠져 있느라 쉬는 시간에도 자리에서 꼼짝하지 않았다.

마지막 수업이 끝나고 서진과 하연은 바로 태오네 집으로 향했
다. 학교를 나서며 계속 태오에게 전화를 했지만 연결이 되지 않
았다. 서진은 괜히 더 불안했다. 바람이 불자 거리에 흙먼지가 일

었다. 작은 회전초가 두세 개씩 수시로 굴러다녔다.

"회전초 때문에 우리 마을이 아닌 것 같아."

서진의 말에 하연이 고개를 끄덕였다. 하지만 하연의 시선은 회전초가 아니라 길 건너 어딘가에 머물러 있었다.

"저기 저 소나무 말이야."

하연이 도로 건너편에 심긴 한 소나무를 가리켰다.

"솔방울이 왜 저렇게 많이 달린 건지 알아?"

매미 떼가 소나무에 앉아 있는 것처럼 솔방울이 새까맣게 달려 있었다.

"왜 그런 건데?"

"죽음을 앞둔 소나무의 생존 전략이래. 나무는 여러 가지 스트레스 요인으로 위협을 받을 때 자손을 남기기 위해 마지막 에너지를 씨앗 생산에 집중한다고 해. 생존 가능성이 낮아졌다고 판단하고 말이야."

"음, 그 말은, 저 소나무가 머지않아 죽을 수도 있다는 거야?"

서진의 물음에 하연은 고개를 끄덕였다.

"맞아, 죽을 걸 예상하고 가능한 많은 씨앗을 만들어 유전자를 남기려는 거지. 며칠 전 태오네 집에 번식한 가시박 덩굴을 보며 같은 생각이 들었어. 스스로 위협을 받는다고 판단해서 저렇게 번식하는 건가 하고 말이야."

서진은 하연의 말이 나름대로 일리 있게 들렸다.

"그렇다면 덩굴이 무엇에 위협을 받는다고 여겼을까?"

"글쎄, 나도 정확히는 모르겠지만……. 태오네 집과 관련 있지 않을까?"

서진은 고개를 끄덕이다 갑작스러운 소란에 걸음을 멈췄다. 길가에 굴착기와 트럭 그리고 경찰차가 줄지어 서 있었고 사람들이 몰려든 탓에 거리는 뒤숭숭했다. 막상 사고 현장을 마주하려니 두려웠다. 서진이 더 가지 못하고 서성이자 하연이 머뭇거리는 서진을 뒤로하고 태오네 집으로 향했다. 하지만 이내 하연은 얼굴이 새하얗게 질린 채 되돌아왔다.

"서진아."

하연의 목소리가 떨렸다.

"왜?"

"가로수가, 가로수가……."

하연은 말을 잇지 못했다. 서진은 불안한 마음을 억누르며 태오네 집으로 걸음을 옮겼다. 불편한 기분이 들었지만 직접 확인하지 않을 수 없었다.

사람들 틈을 비집고 들여다본 순간, 서진은 숨을 멈췄다. 기울어진 마당 한가운데에 가로수가 우뚝 서 있었다. 누군가가 고의로 가로수를 옮겨 심었다 해도 믿을 것 같았다. 마치 가로수가 집을 밀어낸 듯한 모습이었다. 그 모습이 기괴하다 못해 섬뜩하게 느껴졌다. 하지만 사람들은 그 모습을 이상하게 여기지 않았다.

땅이 기울어서 가로수가 밀려 들어간 거라고 생각했기 때문이다.

무게 중심을 잃었지만 집은 여전히 형태를 갖추고 있었다. 그러나 깨진 창문 유리와 힘없이 열린 현관문은 보고 있는 것만으로도 흉흉했다. 태오를 비롯해 그 가족이 다쳤을지도 모른다는 생각이 들자 서진의 심장은 쿵쿵쿵 뛰었다.

주위를 둘러보다 떨리는 걸음을 다잡고 현장 안전 관리자를 찾아갔다.

"아저씨, 태오는요?"

"누구?"

"사고 난 집에 사는 제 친구인데요."

관리자는 여전히 못 알아듣는 얼굴이었다.

"그러니까 저 집에 사는 사람들은 지금 어딨어요?"

"그건 구청 재난 대응팀에 문의해라."

관리자는 서진을 통제선 밖으로 밀어내며 말했다.

"다친 사람은 없는 거죠?"

현장 안전 관리자는 대답 없이 뒤돌아섰다. 서진은 마당 안으로 들어가 어떤 일들이 벌어진 건지 더 살펴보고 싶었지만 통제선 안으로는 한 발짝도 더 들어갈 수가 없었다. 하연은 서진을 데리고 뒤로 물러섰다. 그리고 사람들이 없는 곳으로 서진을 데리고 갔다.

"봤지? 플라타너스가 며칠 만에 마당 안으로 들이치듯 움직였어. 그것도 3미터 가까운 거리를."

하연이 멍한 눈으로 말을 이었다.

"저건 불가능해."

"맞아, 있을 수 없는 일이야."

서진이 고개를 끄덕였다.

"서진아, 너희 집은 괜찮아?"

하연이 태오네 집으로 시선을 돌리고는 물었다.

"뭐가 괜찮냐는 거야?"

"사실, 말 안 하려고 했는데……. 우리 집에도 문제가 생겼어."

하연은 겁에 질린 얼굴이었다.

"숲에서 가져온 나무가 마당에 뿌리를 내렸다고 했잖아."

"응, 알아."

"그 나무를 심은 다음 날부터……."

하연이 숲에서 가져온 은행나무가 자리 잡은 이후 마당의 화초와 나무들이 하나둘 말라 갔다고 했다. 하연의 엄마는 땅의 영양분을 은행나무가 다 가져갔다고 여겨 뽑아내려 했지만 쉽지 않았다. 뿌리는 이미 깊숙이 내려가 있었고 사방으로 퍼져 나가 흙을 단단히 붙들고 있었다. 나무를 들어 올릴 수조차 없는 상태였다. 결국 하연의 엄마는 은행나무를 베어 버렸다. 하연이 학교에 있는 사이 벌어진 일이었다.

"엄마가 어렵게 지켜 낸 정원을 망칠 수 없다고 했거든. 그래도

나 없을 때 나무를 베어 낼 줄은 몰랐어."

하연의 얼굴이 어두워졌다.

"괜찮아, 네가 그런 게 아니잖아. 어쩔 수 없었던 일이야."

서진은 하연을 달랬다.

"그런데 그 이후에 더 큰 문제가 생겼어."

"문제?"

"어제부터 우리 집 수돗물이 나오질 않아."

하연의 말이 엉뚱했다. 나무와 수돗물이 무슨 관계인 건가 싶었다.

"수리 기사님을 불렀는데, 물이 나오지 않은 이유가 땅속 수도관이 터져서 그런 거래."

하연이 불안한 표정으로 말을 이었다.

"옆집 나무뿌리가 자라면서 수도관을 건드렸다는데…… 아무래도 숲에서 가져온 나무 때문인 것 같아."

"그게 무슨 말이야?"

서진은 고개를 갸웃했다. 이유를 알 수 없는 불안이 스며들었다.

"숲에서 나무를 가져왔더니 문제가 생긴 거야. 모든 게 다 나무 때문인 거라고."

"나도 숲에서 가져온 은행나무를 심었지만 별다른 일은 없었어."

집 앞 느티나무가 움직이는 듯 느껴지기는 했지만 그게 문제가 되겠냐고 스스로를 설득했다.

"앞으로 생길 수도 있잖아."

하연의 눈동자가 불안하게 떨렸다. 서진은 이런 상태에서 계속 대화를 이어 가는 것이 의미가 없을 것 같았다.

"우선 너희 집에 가 보자."

"그럴래?"

서진의 제안에 하연은 고개를 끄덕였다. 걸어서 십 분도 안 되는 거리였다. 서로 불확실한 추측과 생각을 주고받는 것보다 직접 어떤 일이 일어나고 있는지 눈으로 확인하는 게 더 나을 것 같았다. 서진이 함께 가겠다고 하자 하연의 표정이 한결 누그러졌다.

"나는 나무가 좋아. 그래서 생태 탐방 캠프에도 간 거고."

하연이 앞서 걸으며 말했다.

"알아. 나도 그래."

"숲에서 수백 년 동안 자리를 지켜 온 나무들을 보고 있으면 기분이 좋았어. 수많은 사람들이 그 곁에 머물다 가고, 그 사람들이 세상을 떠났어도 나무는 같은 자리에서 묵묵히 시간을 보냈을 거란 생각이 들었거든. 그런 나무를 지켜보면 그 오랜 시간을 내가 한순간 다 가진 것 같은 기분이었어."

서진은 고개를 끄덕였다.

"그런데 숲에 다녀온 이후부터 다른 생각이 들더라. 내가 떠난 이후에도 나무는 오랜 시간 그 자리에 남아 있을 거라는 생각."

"그렇겠지?"

"나 또한 많은 사람들이 그랬던 것처럼 나무의 시간에 잠깐 스쳐 간 생명에 불과하다는 생각이 드니 마음 한구석이 서늘했어."

하연이 창백한 얼굴로 서진을 바라보았다.

"우리가…… 실수를 한 걸까?"

"실수?"

"우리가 가져온 은행나무 세 그루, 모두 특별해 보였어. 태오의 제안에 말도 안 된다고 생각했으면서도 규정을 위반하고 가져오고 싶을 정도로. 하지만 계속 안 좋은 일들이 생겨나니까……. 우리 욕심 때문에 숲에서 보내야 할 나무의 시간을 빼앗은 게 아닌가 하는 생각이 들어."

서진은 나무마다 환경에 따라 각자의 시간으로 움직인다는 이야기가 떠올랐다.

"그래, 나무마다 나무의 시간이 있을 거야."

서진은 작게 숨을 내쉬었다. 그사이 하연은 무언가를 떠올린 듯 입술을 깨물었다.

"우리 은행나무 가져온 그곳 말이야. 주위 나무들은 모두 죽어 있었던 것 기억해?"

하연은 낮고 조심스러운 목소리로 말했다. 서진은 고개를 끄덕였다.

"미친 소리처럼 들릴지 모르겠지만 주위 나무들이 어린 은행나무에게 에너지를 주고 죽어 간 게 아닐까 싶어."

서진은 이해가 되지 않았다.

"그럴 이유가 없잖아. 왜 죽어 가면서까지 은행나무에게."

"그건 나도 모르겠어. 하지만 나무는 자신이 가진 에너지를 다른 나무에게 보내 줄 수도 있다는 얘기를 들은 적이 있거든. 나무는 흙을 통해 모든 정보를 공유한대."

"땅의 여러 균을 통해서⋯⋯."

하연의 이야기에 서진은 잠시 생각에 잠겼다. 하연은 긍정적인 생각을 해 보려 했지만 쉽지 않은지 머리를 흔들었다.

"그런데 어디서 이 많은 회전초들이 몰려오는 거지?"

하나둘 보이던 회전초들이 점점 더 많이 나타나 바람을 타고 서진과 하연의 곁을 스치고 지나갔다.

"우리랑 같은 방향으로 가는 것 같지 않아?"

하연이 주위를 두리번거리며 말했다.

"어쩌다 보니 바람의 방향과 같아서 그런 거겠지."

서진은 의미를 부여하고 싶지 않았다. 하지만 사거리를 지나 방향을 틀자 회전초가 날아가는 방향도 바뀌었다.

"우, 우연이겠지?"

하연의 물음에 서진은 고개를 끄덕였다.

"그럼, 우연이야."

서진의 말이 끝나기도 전에 갑자기 날아든 회전초 하나가 하연의 오른팔을 스쳐 지나갔다.

"아!"

하연이 다친 팔을 움켜쥔 채 주저앉았다. 상처가 난 곳에서 빨간 피가 가늘게 배어나오고 있었다. 부서지기 쉬운 회전초가 이렇게 날카로울 줄은 몰랐다.

"괜찮아?"

서진이 급히 가방에서 티슈를 꺼내 건넸다. 하연은 얼굴을 찡그리며 상처를 누르다가 천천히 고개를 끄덕였다.

"상처가 깊지는 않은 것 같아."

"다행이다. 그래도 집에 가서 치료해야 해."

서진의 말에 하연은 고개를 끄덕이며 자리에서 일어났다. 이제 건널목 하나만 더 지나면 하연의 집이었다. 하연이 다친 팔을 붙잡고 느린 걸음을 옮기는 동안 앞서가던 서진이 갑자기 발걸음을 멈추었다. 그는 고개를 돌려 하연에게 말했다.

"놀라지 마, 하연아."

"왜, 왜 놀라지 말라는 거야?"

"우연이야, 정말 우연!"

"우연이라니?"

서진은 고개를 돌렸다. 하연은 서진의 시선을 따라가 보았다. 갈색 회전초가 누군가의 집을 뒤덮고 있었다. 하연의 집이었다. 수많은 집들 가운데 오직 하연네 집만 그렇게 덮여 있었다. 마을 사람들은 멀찍이서 그 광경을 구경하듯 바라보고 있었다.

그때 어디선가 하연을 부르는 목소리가 들렸다. 사람들 사이에서 누군가 뛰어나와 하연을 끌어안았다.

"엄마!"

"다행이다. 하연아. 우리가 집에 없을 때 이런 일이 생겨서……. 아침에 일이 있어 나갔는데. 너희 아빠한테 연락했는데, 근데, 도대체 왜 우리 집만 이런 건지. 마당을 덮은 회전초 때문에 나무와 화초들이 다 죽을 것 같아. 우리가 무슨 잘못을 했다고 이런 일이 생긴 걸까."

하연의 엄마는 충격을 받았는지 횡설수설했다.

"엄마 괜찮아. 아무 일도 아니야. 걱정하지 마, 엄마."

하연은 엄마를 꼭 끌어안고 등을 두드려 주었다. 서진은 그 모습을 보며 한 걸음 물러섰다. 두 사람이 서로를 꼭 껴안은 채 떨리는 숨을 고르는 모습을 보니 이 사태가 얼마나 갑작스럽고 비현실적인지가 느껴졌다. 하연과 더 이야기를 나눌 수 없었다. 서진은 하연에게 눈짓으로 인사를 하고는 발걸음을 돌렸다.

집으로 향하는 서진의 걸음은 무겁기만 했다. 요 며칠 동안 감당하기 힘들 정도로 많은 일들이 일어났다.

바지 주머니 속 휴대전화가 진동했다. 걸음을 멈추고 꺼내 보니 태오에게서 문자가 와 있었다. 지금 병원에 있다고 했다. 전화를 받을 상황은 아니라며 나중에 연락하겠다는 내용이었다.

"도대체 얼마나 다친 거야?"

그래도 연락이 되었다는 사실에 서진은 안도의 한숨을 내쉬었다. 지금 너희 집 근처까지 갔다가 돌아가는 길이라고, 하연의 집에도 믿기 힘든 일이 생겼다고 문자를 남겨 알려 주고 싶었지만 그만두었다. 내일이나 그다음 날 전해도 아무 문제 없을 일이었다. 지금 중요한 건 태오가 편안한 마음으로 몸을 회복하는 거였다.

오르막길을 오르다가 다리에 힘이 빠져 서진은 담벼락에 몸을 기대었다. 그때 담벼락 돌 틈에서 자라난 작은 나무가 눈에 들어왔다.

'어떻게 저런 틈에서 나무가 자랄 수 있지? 무슨 나무일까?'

호기심이 생긴 서진은 거리를 두고 서서 담벼락을 찬찬히 바라보았다. 고개를 들자, 담벼락 위로 우뚝 선 커다란 나무가 눈에 들어왔다. 그 나무의 굵은 뿌리가 담벼락을 타고 내려와 돌 틈에 단단히 자리 잡고 있었다. 그 뿌리에서 가느다란 새 줄기가 뻗어 나온 것이었다.

가까이에서만 보았다면 그 작은 나무가 홀로 자란 줄 알았을 것이다. 하지만 한 걸음 물러나 전체를 보니, 그 나무는 거대한 어미 나무의 일부였다. 뿌리 깊은 나무가 담벼락을 뚫고 생명을 이어 가고 있었다. 서진은 그 끈질긴 생명력에 감탄해 잠시 넋을 잃고 바라보았다.

"그렇다면……."

서진은 문득 땅속 깊은 곳, 보이지 않는 곳에서 이 나무의 뿌리와 줄기가 다른 나무들과 얽혀 연결되어 있을지도 모른다고 생각했다.

'어쩌면 나무들은 알고 있을지도 모른다……. 우리가 숲에서 어린 은행나무 세 그루를 가져왔다는 것을.'

생각이 거기에까지 이르자 서진은 등골이 서늘해졌다.

"나무에게 우리가 알지 못하는 힘이 있어."

서진은 혼잣말로 중얼거렸다. 거대한 나무의 그늘 아래서 한동안 움직일 수 없었다. 끈질긴 생명력과 보이지 않는 연결 고리에 압도된 채 미묘한 두려움과 경외감을 동시에 느꼈다.

집으로 돌아온 서진은 문을 열자마자 본능적으로 마당 한쪽에 심어진 어린 은행나무로 다가갔다. 숲에서 가져온 은행나무는 별다른 문제가 없이 잘 자라고 있었다. 서진은 나무 가까이 다가가 잎사귀를 조심스럽게 쓰다듬으며 나지막이 중얼거렸다.

"우리가 너의 시간에 손을 댄 거야? 그래서 다른 나무들이 화가 난 거야?"

어린 은행나무는 아무것도 모른다는 것처럼 천연덕스럽게 초록빛을 내뿜고 있었다. 그 순진한 모습에 서진은 잠시 마음이 놓였지만 곧 무언가 이상하다는 걸 느꼈다.

"어?"

하루 전만 해도 문제없던 마당의 사철나무가 시들어 있었다. 잎은 축 늘어지고, 가지 끝은 흑갈색으로 변해 말라 있었다.

"우리 집에도 같은 일이 생기는 걸까?"

불안한 마음에 사철나무 밑동을 보려고 자세를 낮추는데 갑자기 현관문이 열렸다. 아무도 없는 줄 알았던 집 안에서 누군가 나왔다. 서진은 놀라 벌떡 일어났다.

"왔구나."

아빠였다. 서진은 당황한 모습을 감추고 아빠에게 물었다.

"어, 오늘도 일찍 퇴근한 거야?"

"잠깐 들렀어. 갑자기 출장 갈 일이 생겨서 짐 좀 챙기느라고."

아빠는 외출복 차림이었고 손에는 가방과 차 키가 들려 있었다.

"어디 가는데?"

"국제수목학회에서 최근 들어 발견되고 있는 식물 이상 현상에 대해 긴급 발표를 한대. 우리나라 대학교수들과 산림과학원 연구자들이 모두 모인다니까 취재하러 가야 해."

아빠 말에 서진은 고개를 끄덕였다.

"계속 바쁘네. 많이 늦어?"

"그럴 것 같아. 문단속 잘하고 자."

집을 나서려던 아빠가 걸음을 멈추더니 돌아서 서진에게 물었다.

"아까부터 표정이 안 좋은데. 혹시 무슨 일 있는 거 아니지?"

서진은 망설이다 물었다.

"나무가 사람을 해칠 수도 있어?"

"어떻게."

"땅속을 헤집어 놓아서 집이 기울거나 수도관이 깨지거나……."

"그건 자연재해가 아닐까?"

"그러니까 내가 하고 싶은 말은, 나무가 스스로 그리고 의도적으로 무언가를 할 수 있어?"

서진의 물음에 아빠가 뜻밖의 대답을 내놓았다.

"나무가 스스로 죽을 수는 있다고 하더라."

서진은 처음 듣는 얘기였다.

"나무가 자, 자살을 한다고?"

"식물들이 그렇대. 환경에 스트레스를 받거나 생존에 적응하지 못하면 에틸렌 호르몬을 만든다지? 그 호르몬이 잎을 떨어뜨리고 줄기를 썩게 한대."

"……."

서진은 공포에 휩싸인 듯 당황한 표정을 지었다.

"동네가 어수선하더라. 너무 걱정하지 말고 집에 잘 있어. 미안한데 아빠 늦었어. 이제 가 봐야 해."

아빠는 서둘러 집 밖으로 나갔다.

서진은 아빠를 배웅하고는 자기 방으로 들어가 창밖을 내다보았다. 느티나무 가지 사이로 보이는 하늘의 모습이 어제와는 확연히 달랐다. 느티나무가 움직인 게 분명했다.

나뭇가지가 옆으로 누워 있는 모습이었다.
세로가 아닌 가로로 하늘을 가로지르고 있었다.

◊

어머니 나무가…… 쓰러졌다.

나무가 다시 말했다.

어머니 나무가…….

서진은 숲에서 본 은행나무가 떠올랐다. 가지가 늘어진 채 마른
잎을 떨어뜨리며 위태위태하게 서 있던 수백 년 된 은행나무가.
"숲의 은행나무를 말하는 거야?"

많은 곳의 어머니 나무가 쓰러졌지. 그리고 숲의 은행나무도.

서진은 두 손으로 머리를 감싸 쥐었다.

불이 오고 있다.

"불이라니."

우리는 기다렸어, 서풍이 불기를.

나무는 낮은 목소리로 말을 이었다.

회전초에 불이 붙었다. 머지않아 여기까지 번질 거야.

서진은 회전초로 둘러싸여 있던 하연의 집이 떠올랐다.

이제 불이 계속될 거야. 그러는 동안 나무가 다 불타겠지. 시간이 걸릴 거다. 몇십 년, 몇백 년. 어쩌면 수천 년을 보내야 할지도 몰라. 우리가 사라지면 인간들도 함께 사라지게 될 거야.

"대체 왜 이러는 거야!"
서진이 두려워 소리쳤다.

이제 네가 한 일에 대해 책임을 져야 할 시간이야. 나무를 원래의 숲으로 되돌려 놓아야 해.

"나무를?"

서진은 은행나무로 시선을 돌렸다. 어린 은행나무는 어둠 속에서도 분명한 빛을 내고 있었다. 시들고 말라 가는 주위 나무들과 달리.

빠르게 번질 거야, 불은. 서둘러 나무를 숲에 되돌려 놓아라. 마지막 후손이 숲에서 뿌리를 내릴 수 있도록. 긴 시간이 지난 뒤 다시 시작할 테니까. 그 나무로부터.

"긴 시간이 지난 뒤라면, ……인간이 사라진 뒤를 말하는 거야?"
서진은 떨리는 몸을 두 팔로 감싸안았다. 먼 미래의 텅 빈 풍경이 실제로 펼쳐진 것처럼 소름이 돋았다. 숨이 막혀 왔다.

그 나무로부터 씨앗이 만들어질 거야. 오랜 세월을 버틸, 그리고 잊힌 나무의 시간을 깨울. 언제인지 모를 그날에 시작할 거야. 다시 우리의 삶을.

"다, 시?"
서진이 겨우 힘주어 물었다.

그래, 다……시.

나무가 움직임을 멈추었다.

어린 은행나무와 함께 서진도 이 마을을 떠나려는 듯, 모든 가지를 숲으로 향한 채로.

감정 구독자

수지는 잠에서 깨어 창밖을 내다보았다. 해가 떴지만 커튼이 필요 없을 정도로 거리가 어두웠다. 오전 7시가 되자 알람으로 설정한 벽면 TV 모니터가 켜지며 낯익은 아침 뉴스 진행자가 나와 주요 소식을 전하기 시작했다.

"거세진 태양풍으로 인해 당분간 지구와 화성 간에 통신망이 제한될 것이라는 우주 센터의 발표가 나왔습니다. 여전히 미세먼지 농도가 높은 가운데……."

진행자는 일정한 억양을 유지한 채 날씨 소식을 전하고는 이어 의례적인 미소를 남기고 화면에서 사라졌다. 날씨 예보가 맞다는 듯 공기 청정기는 쉬지 않고 작동 중이었다.

수지는 침대에서 일어나 창가로 향했다. 블라인드 뒤로 모래바람이 불어 황톳빛이 가득한 거리가 보였다. 때마침 옆집 사는 엘이 집에서 나왔다. 그는 매일 같은 시간에 집에서 나와 도심에 위치한 인공 자궁 센터로 출근했다.

경제적 능력이 있는 엘이 출퇴근에 많은 시간을 들여 가며 도시 외곽의 한적하고 오래된 주택가에 산다는 것이 수지는 의아했다. 그는 얼핏 평범해 보였지만 살짝 미소를 지을 때면 얼굴이 화사하게 빛났다. 움직임 하나, 시선 하나에도 당당함이 묻어 있었다.

엘은 주차된 차에 올라탄 뒤 한동안 그대로 앉아 있었다. 시동을 켰다가 끄길 여러 번이었다. 차에 타면 곧바로 출발하던 때와 달랐다.

"무슨 일이 있나?"

수지는 엘이 탄 차에서 눈을 떼지 못하다 엄마의 거친 기침 소리에 시선을 거두었다. 스마트 기기에서 엄마의 건강 상태를 감지해 보고하는 알람이 울렸다. 손으로 머리카락을 빗어 올려 간단히 묶은 뒤 서둘러 엄마 방으로 향했다.

간호 로봇이 침대 각도를 조절하며 상체를 살짝 세워 엄마가 숨을 쉬기 한결 수월하도록 돕고 있었다. 엄마의 호흡이 좋지 않았다. 로봇은 기관지 확장제를 투여하기 위해 네뷸라이저를 준비했다.

희뿌연 약물이 호흡용 마스크를 통해 전달되자 엄마의 숨은 점차 규칙을 찾고 기침도 잦아들었다. 하지만 엄마의 눈빛은 여전히 흐렸다. 몸의 반응으로 최소한의 생존 언어만 전하는 엄마. 수지는 그에 답할 수 있는 언어를 가지고 있지 않았다. 대신 엄마의 몸에 연결된 호스들을 들여다보고 의료 기기에 표시된 현재 상태를 점검했다. 간호 로봇이 있지만 사람의 눈과 손으로 확인해야 할 것들이 여전히 많다. 오늘도 로봇의 시각 센서가 닿지 않는 곳에 엉켜 있는 호스들을 정리했다.

"휴우……."

수지는 마지막으로 엄마의 몸을 살피고는 방 밖으로 나갔다. 먼지 가득한 날씨만큼이나 병을 앓고 살아가는 엄마의 모습이 막막하게 느껴졌다. 언제까지 이렇게 집에서 벗어나지 못하고 살아야 하나 싶었다.

따뜻한 커피 한 잔을 내려 재택근무가 기다리는 방으로 들어갔다. 책상에는 업무용 컴퓨터와 헤드셋, 불규칙하게 깜박이는 모니터 속 알림창들이 어지럽게 빛을 뿜고 있었다. 무미건조한 사무 공간이었지만 수지는 커피 향을 통해 감정 키트로는 얻을 수 없는 여유롭고 풍요로운 감정을 느낄 수 있었다.

'향만으로도 긴장을 풀 수 있다니.'

수지는 감정 키트를 생산하는 심미로테크 직원이었다. 감정 키트가 배달 로봇과 드론을 통해 감정 구독자에게 잘 배송되고 있는지 관리하는 일을 했다. 열아홉의 나이에 아픈 엄마를 돌보면서 집에서 하기에 적합한 일이기도 했다.

처음부터 배송 관리 일을 하려고 했던 건 아니다. 수지는 IT를 전공하며 프로그래밍과 데이터 분석을 공부하고 있었지만 엄마의 건강이 급격하게 안 좋아져 학업을 이어 갈 수 없었다. 어차피 대학을 졸업한다고 해도 전문직은 인공 자궁 센터에서 유전자 편집을 거쳐 우수한 두뇌로 태어난 AWP(Artificial Womb People)들의 몫이었다.

수지의 옆집에 사는 엘 또한 AWP였다. 그는 인공 자궁 센터에서 태어난 사람이었고 그곳에서 일하는 사람이기도 했다. 엘 앞으로 된 배달 주소가 주거지와 인공 자궁 센터였고 두 곳 모두 AWP 관리 대상 코드가 적용된 수령지였기에 알 수 있었다. 엘과 같은 사람들이 이제는 인구의 절반 이상을 차지했다. 이는 단순한 개인의 선택이나 우연이 아니라 수십 년 전부터 나빠진 환경과 사회적 변화가 만들어 낸 필연적인 결과였다.

신종 전염병이 주기적으로 돌았고 암과 성인병 발병률은 해가 갈수록 높아졌다. 사람들은 결혼하기를 거부했고 부모가 되길 포기했다. 불임률은 높아졌고 여성의 가임 기간은 줄었다. 국가는 인류가 존속할 수 있는 방법을 찾아야 했다. 질병에 강한 몸을 가진 인간이 지속적으로 태어나 사회 구조를 안정시키고 경제 성장을 이끌기를 바랐다. 결국, 이를 위한 해결책으로 인공 자궁 센터가 합법적으로 설립되었고 유전자 편집을 통해 태어난 아이들이 사회에 등장했다.

AWP들의 탄생은 한동안 어느 정도 성공적인 것으로 보였다. 그들은 대부분 질병과 감염병으로부터 자유로웠다. 다만 한 가지 문제가 있었다. AWP의 17퍼센트 이상에서 정서 불안이 관찰되었고, 그들 중 12.8퍼센트는 감정을 아예 인지하지 못하는 증상을 보였다. 기쁨은 물론 설렘, 사랑, 슬픔, 분노 같은 기본적인 감정조차 느끼지 못했다. 뇌 과학자들이 원인을 밝혀내기 위해 연구를 이어 갔으나 뇌의 어느 부위에서 왜 문제가 발생했는지조차 규명하지 못한 채 난관에 부딪혔다.

일부에서는 황폐해진 지구 환경에서 살아가는 데 감정 결핍이 오히려 인간에게 유리한 조건일지도 모른다는 가설이 제기되었고 이에 따른 사회적 논의도 다양하게 뒤따랐다. 그러나 현실은 그 가설을 뒷받침하지 못했다.

AWP들은 마치 자판에 놓인 부호만 써야 하는 계산기 같았다. 입력하면 그에 맞는 결괏값만이 나와야 했고 배려, 양해, 동정, 연민 등의 변수는 적용될 수 없었다. AWP들은 자기 스스로가 인식한 범위 안에서만 판단하고 개선하려는 특징을 보였다. 이해할 수 없는 부분이 생기면 아예 받아들이지 못하고 그에 관한 대화마저 피했다. 그로 인해 그들의 사회적 관계는 쉽게 단절되었다. 극단적인 일부 AWP는 자신에게 주어진 삶을 포기했다. 그들이 주어진 계산기를 두드려 내놓은 가장 합리적인 답이었다.

상황이 심각해지자 사고의 유연함과 더불어 심리적 안정과 정서 지능이 AWP에게 요구되기 시작했다. 이에 국가가 내놓은 대책은 감정 키트 보급 승인이었다. 이후 전담 기구의 엄격한 관리 감독 아래, 지정된 민간 기업을 통해 감정이 판매되기 시작했다.

수지가 커피를 다 마시기도 전에 컴퓨터 모니터에 빨간 알람이 떴다. 그와 함께 회사 유통 부문을 담당하는 매니저의 얼굴이 모니터에 나타났다. 그는 밤을 새운 것 같은 피곤한 얼굴로 배달 중이던 드론 하나에 문제가 생겼다고 말했다. 수지의 집과 가까운 지역에 불시착했으니 직접 찾아 배달 물품을 회수하고 고객에게 전달하라고 지시했다. 이에 수지가 곤란한 표정을 짓자 매니저가 물었다.

"제 요청이 이해되나요?"

수지는 머뭇거리며 대꾸했다.

"네, 이해는 되는데요……."

드론이 불시착한 장소는 AWP와의 차별 문제로 시민들의 과격 시위가 자주 일어나는 평등 자치 센터와 가까웠다. 자칫 AWP를 위해 일하는 사람이라는 것이 노출되면 공격의 대상이 될 수도 있었다. 수지는 지역 상황을 고려해 물품 회수가 어려움을 매니저에게 여러 번 강조해 이야기했다.

"매니저님, 아무래도 제가 가면 위험할 수 있어서요."

"아니요, 그러니까 생각해 보세요."

매니저는 지역 상황을 고려했기 때문에 로봇이 아닌 수지가 직접 찾으러 가야 한다는 답변을 반복했다.

"우리 회사 로고를 달고 있는 배송 로봇을 보낸다고 생각해 보세요. 어떻게 될까요. 그렇다고 고위직 관리자를 보낼 수도 없는 노릇이잖아요. 이제 이해되나요?"

매니저는 다시 건조한 목소리로 물었다. 대화가 필요 이상으로 길어져 짜증 나 보이기도 했다. 빨리 답변을 듣기를 바라는 얼굴이었다. 수지는 매니저에게 그 누구보다 감정 키트가 필요한 게 아닐까 싶었다. 위험에 대한 상대의 걱정과 염려를 인정하고 공감할 수 있게 해 주는 감정 키트가.

"네, 알겠습니다."

수지가 어쩔 수 없다는 듯 대답하자 두 손으로 얼굴을 쓸어내리던 매니저의 모습이 이내 화면에서 사라졌다. 그와 동시에 수지의 오전 일정이 외근으로 바뀌어 모니터 화면에 나타났다.

따뜻했던 커피는 어느새 향을 잃고 차갑게 식어 있었다. 수지는 커피잔을 한쪽으로 밀어 두고 사고가 난 배달 물품의 상세 내역을 살폈다. 이 지역에서는 평소 드론 배달을 잘 이용하지 않았다. 모래바람이 자주 부는 탓에 기기에 모래 알갱이가 끼어 사고가 반복됐기 때문이다. 그럼에도 이번엔 무슨 이유로 드론이 투입됐는지 궁금했다.

우연히도 주문자는 이웃 엘이었다. 그는 오래전부터 감정 키트를 구독하고 있었다. 얼마 전부터 구독 방식을 바꾸었는데 물류 AI가 오류를 일으켜 배송이 일주일이나 지체된 상태였다. 그 영향으로 결국 드론 배송이 진행된 모양이었다.

"태양풍 때문일 거야."

수지는 일기 예보를 떠올렸다. 이번 배달 사고의 원인이 태양풍일 가능성도 있었다. 돌발적으로 발생한 태양풍이 인공위성에 영향을 줄 때면 주변 전자 기기들이 작동을 멈추는 일이 종종 있었다.

수지는 마스크를 착용한 뒤 드론 위치 추적기를 들고 집을 나섰다. 물론 나오기 전 엄마의 건강 상태를 확인하는 일을 놓치지 않았다. 약물 치료 덕분인지 엄마의 호흡이 아까보다 훨씬 더 안정되어 있었다. 문제가 생기면 의료 기기에서 자동으로 알람을 보내고 임시 조치를 취할 것이기에 크게 걱정하지 않아도 될 듯했다.

드론 위치 추적 앱을 켠 뒤 차를 몰고 십 분 정도 달렸다. 다행히 아침보다 시야가 나아져 운전하기에 어렵지는 않았다. 길을 지나는 사람은 거의 보이지 않았다. 모래바람 탓에 대부분의 사람들은 차로 이동하거나 필요한 물품은 배달로 해결했다.

"엘이 아니었다면 외근할 일도 없었을 텐데."

감정 키트는 대부분 AWP들이 주문하고 그들의 주거지로 배달

되기 때문에, 엘이 이 동네에 살지 않았다면 감정 키트로 인한 드론 사고도 수지의 집 근처에서 일어나지 않았을 것이었다. 수지는 엘에게 조금은 원망스러운 마음이 들었다.

AWP들은 언젠가부터 그들끼리 새로운 주거지에 모여 살기 시작했다. 직업이 달라지면서 부유함의 정도가 달라졌고, 자연스럽게 그들 사이에는 자부심이 깃들었다. 생활 방식에도 차이가 생기면서 AWP와 자연 임신으로 태어난 사람들은 암묵적으로 구별되고 있었다. 그런 분위기 속에 엘이 수지가 사는 동네로 일 년 전 이사를 온 것이다.

엘은 한동안 이웃에게 관심이 없는 듯 보였다. 출퇴근할 때 외에는 집 밖으로 나오는 일이 거의 없었다. 수지는 집 앞을 오가다 엘과 몇 번 마주쳤지만 그는 늘 고개를 돌리고 지나쳐 갔다. AWP들은 불필요하게 관계 맺는 일을 기피하는 것이 보통이기에 어차피 인사를 나누지 않을 거라고 여겼다.

한데 얼마 전부터 엘이 먼저 수지에게 다가왔다. 눈을 맞추며 안부를 묻기도 했고 사소한 일을 핑계 삼아 곁에 머무르기도 했다. 어느 날은 직접 구운 레몬 파운드케이크를 들고 찾아왔다. 수지가 현관 밖으로 나가자 엘은 케이크를 건네며 물었다.

"요즘 어머님은 어떠세요?"

수지는 엄마 이야기를 스치듯 꺼낸 적이 있었다. 하지만 그 말을 엘이 기억하고 있을 거라고는 생각하지 못했다.

"차도가 별로 없으세요. 여전히 의료 기기에 의존해 하루하루를 버티는 중이에요."

"그렇군요."

엘의 말투는 담담했다. 감정을 과하게 얹지 않았지만 그 짧은 한마디에는 형식적인 위로와는 다른 무게가 실려 있었다.

그때 왁자지껄한 소리가 들려왔다. 한 아이가 장난을 치며 뛰고 있었고 아빠가 아이의 가방을 메고 뒤따라가고 있었다. 무언가에 들뜬 아이는 큰 소리로 웃다가 미처 앞을 보지 못하고 보도블록 끝에서 휘청거렸다. 순간 아빠는 손을 뻗어 아이를 붙잡았다.

그 모습을 지켜보던 엘이 수지에게 물었다.

"남자가 왜 아이의 짐을 대신 들고 있는 거죠? 아이가 넘어질 뻔했을 때는 왜 도운 건가요?"

너무도 당연한 행동을 궁금해하는 엘의 질문에 수지는 잠시 당황했지만 이내 차분하게 대답했다.

"이유를 생각해서 하는 건 아니에요. 아이가 힘들까 봐, 다치게 될까 봐, 그저 먼저 몸이 반응한 거죠. 아이를 아끼는 마음 때문에 몸이 먼저 움직였을 뿐이에요."

엘은 고개를 끄덕였다. 그러고는 평소 궁금했던 것들을 몇 가지 더 묻고 돌아갔다.

그렇게 몇 차례 만남이 이어지자 엘에 대한 수지의 경계심도 조금씩 사그라지기 시작했다. 하지만 이 동네에 이사 온 이유까지 물을 정도로 사이가 가까워진 건 아니었다.

"여기쯤인데……."

위치 추적 기기의 빨간 불이 깜박거림을 멈춘 곳은 공원의 한 놀이터였다. 수지는 차를 주차 구역에 세우고는 시위대로 보이는 사람들이 없는지 살폈다. 거리 곳곳에는 AWP들과의 차별에 반대하는 전단지가 흩뿌려져 있었고 검은 바탕에 붉은 글씨가 쓰인 플래카드가 바람에 나부꼈다. 약간의 긴장감이 감돌았지만 정작 그곳을 지나는 이는 없어 한결 숨을 돌릴 수 있었다.

수지는 차 밖으로 나와 놀이터를 바라보았다. 아이들의 수가 줄고 잦은 모래바람으로 야외 활동이 제한되면서 대부분의 놀이터는 주차장이나 대피 쉼터 등으로 바뀌었다. 이곳이 AWP들의 거주 구역이었다면 이런 낡고 오래된 놀이터는 진작에 사라졌을 것이다. 지역 예산이 부족한 탓에 추억이 담긴 놀이터가 남아 있는 걸 감사해야 하는 건가 싶었다.

어릴 적 기억을 떠올리던 수지는 놀이기구를 만져 보았다. 태양광 패널이 박힌 그네 기둥은 전력 공급이 끊긴 채 녹슬어 있었고 홀로그램을 띄우던 놀이 벽은 표면이 갈라져 더 이상 빛을 내지 않았다. 한때 자동으로 움직였을 회전 기구는 모래에 파묻혀 반쯤 기울었고, 아이들을 보호하던 투명 차양은 부서져 바닥에 흩어져 있었다. 화단에는 잡초가 무성했다.

수지는 스치면 베일 것 같은 철봉의 금이 간 손잡이를 바라보다가 멀리서 들려오는 자동차의 경적에 고개를 들었다. 순간 해야 할 일을 떠올리며 정신을 가다듬었다. 스마트 기기를 들여다보니 드론의 위치가 반경 10미터 안으로 나타났다. 금방 찾을 수 있을 것 같아 서둘렀지만 시야를 좁혀 가며 확인해도 보이지 않았다. 잡초와 낡은 놀이기구 주변, 무너진 담장 뒤까지 꼼꼼하게 살폈지만 드론은 여전히 모습을 드러내지 않았다.

"아, 저기."

고개를 들고서야 수지는 미끄럼틀 위쪽에 드론이 걸려 있는 것을 발견했다.

"배송 시스템은 도시 전체를 훑으면서 정작 내 머리 위는 보지를 못하지."

시위대는 자신들의 주장을 더 많은 사람들에게 전달하기 위해 메시지가 적힌 리본을 풍선에 매달아 하늘로 띄우곤 했는데 하필 '인공 자궁 센터 폐지'라고 쓰인 리본 하나가 드론 날개에 걸려 있었다.

배달 물품은 땅바닥에 떨어져 상자가 찌그러진 상태였다. 수지는 서둘러 물품 상자를 들어 올려 차로 옮겼다. 무거운 철제 드론은 놓고 오고 싶었지만, '이 드론은 심미로테크의 자산입니다.'라고 적힌 문구가 눈에 들어와 그러지 못했다. 매니저가 드론 회수를 요청할 게 뻔했다.

수지는 집에 도착하자마자 부서진 물품 상자를 열어 보았다. 안에 담긴 감정 키트 한 귀퉁이에 **사랑**이라고 표기되어 있었다. 엘은 한 달 전부터 **사랑** 감정을 구독하고 있었다. 그전까지는 **슬픔**과 **절망**을 장기 구독해 국가 보건국의 관리 대상이었다.

우울하고 무거운 감정을 장기간 주문하는 이들은 감독 기관의 주된 관리 대상자로 분류되었고 이 사실은 회사 관리자들에게도 통보되었다. 간혹 감정 키트를 과다 사용한 AWP가 극단적인 행동을 하거나 스스로 생을 마감하는 일이 생겨났기 때문이다.

엘은 주의를 요하는 감정 키트를 장기 구독했음에도 겉으로 보기에 특별한 부분은 없었다. 슬프거나 우울해 보이지 않았고 늘 차분하고 이성적인 말투를 유지했다. **사랑**을 구독한 후에 이웃으로서 조금 가까워지기는 했지만 여전히 엘의 모습은 한결같았다.

"감정 키트를 집에 쌓아 놓고만 있는 것이 아닐까. 아니면 키트 사용법을 숙지하지 못해서?"

수지는 고개를 가로저었다. AWP들이 간단한 설명서 따위를 이해 못할 리가 없었다. 어쩌면 무겁고 어두운 감정이나 들뜨고 설레는 감정들이 엘의 마음을 뚫고 들어가지 못하는 것일 수 있다.

레몬 파운드케이크를 주고 간 날 엘은 이런 질문도 했었다. 의료 기기로 연명하는 삶을 사는 것보다는 존엄을 지키며 죽는 것이 한 인간으로서 선택할 수 있는 마지막 권리가 아니겠냐고 말이다. 엄마를 돌보고 있는 수지가 다른 사람에게서 이 말을 들었다면 무례하다고 여기며 불쾌함을 느꼈을지도 모르겠다. 하지만 수지는 엘의 말을 기분 나쁘게 받아들이지 않을 수 있었다. 그의 표정에는 누군가를 설득하려는 의도나 감정을 흔들려는 계산보다는 생과 죽음을 동일한 거리에서 바라보는 객관적인 궁금증이 깃들어 있었기 때문이다.

수지는 AWP가 죽음 앞에서도 균형을 잃지 않는 너무도 안정적인 존재이기에 **슬픔**이나 **절망** 같은 감정을 통해 실패와 좌절을 체험해 보고 싶은 마음이 있는 게 아닐까 싶었다. 어쩌면 인위적으로라도 고통을 경험함으로써 아픔을 느껴 보고 싶은 것일지도 모른다. 이제 엘의 호기심은 **사랑**이란 감정으로 넘어간 걸까.

수지는 감정 키트가 훼손됐는지 확인하기 위해 안쪽을 들여다보았다. 밀폐된 작은 통에 여러 색의 용액이 담겨 있었다. 원하는 정도의 감정 깊이에 따라 용액을 섞는 비율이 다르다. 이 용액을 기기에 담아 향을 피우면 연기가 호흡기로 들어가 순식간에 뇌에 영향을 미친다.

쿨럭쿨럭, 엄마의 기침 소리가 또다시 들려왔다. 수지는 감정 키트 상자를 서둘러 정리하고 자리에서 일어났다.

'나도 엄마와 아빠의 병을 이어받은 게 아닐까?'

간암으로 세상을 떠난 아빠와 폐병에 신부전까지 앓고 있는 엄마의 DNA를 물려받은 것을 인식할 때만큼은 수지도 유전자 편집으로 태어난 사람들이 부러웠다. 수지도 그렇게 태어났다면 최소한 질병 유전자는 지워졌을 터였다. 그럼 병이 찾아올까 두려워하며 살아갈 필요도 없었을 것이다.

수지는 엄마의 몸 상태를 살핀 뒤 오후 업무로 복귀했다. 책상 위 모니터에는 실시간 배송 경로가 겹겹이 떠올랐다. 일반 배송은 물론 드론의 이동 궤적과 창고 재고 수치가 끝없이 눈앞을 스쳐 지나갔다. 자동화된 AI가 데이터를 수시로 정리했지만 배송 관련 고객 불만을 확인하고 대응하는 일만큼은 여전히 사람의 손을 필요로 했다.

바쁘게 시간을 보내는 와중에도 수지는 엘의 감정 키트가 계속해서 신경 쓰였다. 수지가 어떤 일을 하는지 엘은 모르고 있었다. 이웃에 사는 사람이, 그것도 포장이 파손되어 내용물이 드러난 물품을 직접 가져온다면 사생활을 침해당한 기분을 느낄 것이 분명했다.

이제야 배송 사고가 난 물품을 찾아오는 것보다 그것을 본래 주인에게 전달하는 것이 더 큰 문제라는 생각이 들었다. 매니저에게 물품 전달이 가능한 배달 로봇을 메신저로 요청했지만 그는 답변조차 하지 않았다. 추가 비용과 수고를 부담하고 싶지 않은 모양이었다.

수지는 엘의 마음이 상하지 않게 감정 키트를 건넬 방법을 고민했다. 짧은 휴식 시간마다 해야 할 말을 메모지에 적어 보았다.

심리적 불편함을 최소화하면서도 이웃으로서의 관계를 지킬 수 있는 문장을 고르는 일은 생각보다 쉽지 않았다.

'내가 AWP였다면 이 정도 말은 쉽게 할 수 있었겠지? 논리적으로 말이야.'

업무가 끝난 뒤에도 어떤 말을 건네며 감정 키트를 전달해야 할지를 고민하는데 창밖에서 자동차가 멈춰 서는 소리가 들렸다.

엘이었다. 평소와 달리 차에서 내리는 그의 손엔 무언가가 한가득 들려 있었다. 포장을 봐서는 음식인 것 같았다. 주말을 앞두고 먹을거리를 잔뜩 사 온 모양이었다.

수지는 엘이 편안한 마음으로 감정 키트를 받을 수 있는 때가 언제일까 생각했다. 짐을 풀고 여유가 생겼을 때 찾아가야 조금이라도 편한 마음으로 받지 않을까 싶었다. 삼십 분 정도 기다린 뒤 수지는 감정 키트를 들고 밖으로 나섰다. 걸음을 옮기는 동안 해야 할 말을 머릿속으로 여러 번 되뇌었다.

엘의 집 앞에 도착한 수지는 옷매무새를 가다듬고 초인종을 눌렀다. 그러다 문득 이웃의 집을 찾아가 벨을 누른 적이 언제였는지를 떠올렸다. 엄마를 돌보느라 타인과의 의미 있는 교류가 끊긴 지 오래였다.

잠시 뒤 현관문이 열렸다. 수지의 방문이 뜻밖이었는지 엘의 얼굴은 평소보다 굳어 있었다. 수지는 긴장되었지만 미리 연습한 대로 차분하게 말을 시작했다.

"안녕하세요. 오늘은 이웃으로서가 아니라 전해 드릴 물건이 있어서 방문했습니다. 늦었지만 이제라도 제가 어떤 일을 하는지 말씀드려야 할 것 같아요."

수지는 자신의 표정이 경직되어 있지는 않은지, 말이 빨라지고 있는 건 아닌지 스스로 점검하며 말을 이었다.

"저는 감정 키트 배송 관리를 맡고 있는 심미로테크 직원입니다."

엘의 눈길이 수지의 손에 들린 감정 키트로 향했다. 수지는 가슴이 두근거렸다.

"우선 죄송하다는 말씀부터 드려요. 주문하신 감정 키트를 오늘 아침 받으셨어야 하는데 드론 배송 중 사고가 나면서 늦어졌습니다. 그래서 제가 직접 전달해 드리려고 가지고 왔어요."

상황을 파악한 엘이 그제야 굳어 있던 얼굴을 풀고 미소를 지었다. 수지가 자초지종을 더 설명하려 하자 엘이 감정 키트를 받아 들며 말했다.

"잘 왔어요, 수지. 식사 준비 중인데, 아직 안 먹었죠?"

"네, 네?"

뜻밖의 식사 얘기에 수지는 당황했다. 이건 예상한 대화 내용이 아니었다.

"오늘이 제 마지막 저녁 식사인데 함께해 줄래요?"

"마지막이라고요?"

수지는 엘의 말이 무슨 뜻인가 싶었다. 이유를 물어보고 싶었지만 지나친 관심은 그가 불편해할 것 같아 그만두었다.

"오늘따라 먹고 싶은 게 많더라고요. 그래서 넉넉하게 준비하는 중이에요. 괜찮다면 들어오세요."

사랑을 구독해서일까. 엘의 눈빛이 전보다 따스했다.

"그래도 갑자기."

망설이는 수지의 손을 엘이 잡아 이끌었다. 수지는 그제야 엘의 집 안으로 들어갔다.

"혹시 감정 키트 살펴보시고 포장이 파손되어 반품하고 싶다거나 교환하고 싶으시다면 기존처럼 구매 사이트에서 신청하시면 됩니다."

수지는 여전히 감정 키트에 온 마음이 가 있었다. 엘의 뒤를 따라가면서도 이후 처리 절차에 대해 조목조목 말해 주었다. 엘은 그에 대한 대꾸 없이 감정 키트를 거실에 툭 내려놓고는 부엌으로 향했다.

"제가 AWP라는 걸 알고 있었겠네요."

엘이 감정 키트를 내려놓은 것만큼이나 가볍게 물었다.

"아……. 네."

수지는 멋쩍은 표정으로 대답했다.

"제가 이 동네에 이사 온 게 이상해 보이지는 않았나요?"

직설적인 엘의 물음에 수지는 당황했지만 차분하게 답했다.

"음, 조금은요."

"그럴 거라 생각했어요."

엘은 별문제 아니라는 듯 미소를 지었다.

"식사 준비가 곧 마무리돼요. 잠깐만 거실에서 편하게 있어요."

엘이 부엌으로 들어간 사이 수지는 조심스레 집 안을 둘러보았다. 낮은 테이블 위에는 감정 키트와 함께 사용되는 생체 신호 감지기와 뇌파 분석 장치가 가지런히 놓여 있었다. 이 기기들은 감정 키트를 사용할 때 신체 반응과 뇌파를 실시간으로 측정해 저장하는 장비였다. 은은한 금속광택을 띠는 기기들은 베이지색의 부드러운 쿠션과 소파가 놓인 거실에 묘한 대비를 만들었다.

부엌에서 풍겨 오는 음식 냄새가 집 안을 가득 채울 즈음, 엘이 수지의 이름을 불렀다. 수지는 부엌으로 가 식탁에 놓인 푸짐한 음식과 와인병을 바라보았다. 포장해 온 음식들은 예쁜 도자기 그릇에 정성스레 옮겨져 있었고, 과일들은 한입 크기로 가지런하게 깎여 있었다. 혼자 먹기에는 지나치게 많은 양이었다. 마치 손님이 올 걸 알고 미리 준비해 두기라도 한 듯한 분위기였다. 엘은 와인 잔을 하나 더 꺼내 수지 자리에 살짝 내려놓았다.

"AWP는 식사량이 적다고 들었는데."

수지가 의자에 앉으며 물었다. AWP 중 과체중인 사람은 없었다. 유전자 편집 기술로 비만 유전자는 제거되고 식탐도 억제되었기에 군이 노력하지 않아도 날씬한 몸과 건강을 유지했다. 엘은 미소 띤 얼굴로 고개를 끄덕이며 말했다.

"오늘은 많이 먹어 보려고요. 나 자신을 위해서."

엘은 수지의 잔에 붉은 와인을 따라 주고는 건너편 자리에 앉아 자신의 잔도 채웠다. 은은하게 퍼지는 와인 향이 식탁을 감쌌다. 수지는 접시 위에 담긴 토마토와 색색의 채소가 어우러진 샐러드를 한 입 맛보았다. 오랜만에 느껴 보는 신선한 아삭함이었다. 크림수프 옆에는 갓 구운 듯 따뜻한 바게트와 스테이크가 먹기 좋게 놓여 있었다. 구운 버섯과 아스파라거스도 함께 준비되어 고소한 향이 식욕을 돋웠다. 푸짐한 음식들 덕에 대화가 잠시 멈추는 순간도 어색하지 않았다.

수지는 와인을 한 모금 마시며 엘의 얼굴을 살폈다. 이십 대 초반으로 보이는 매끄러운 피부와 생기 있는 눈빛을 가지고 있었다. 하지만 실제 나이는 예상보다 훨씬 더 많을 것이었다. 이 또한 유전자 편집 때문에 가능한 일이었다. 수지가 만나본 성인 AWP들은 대개 예상보다 열 살 이상 많았다.

드르륵드르륵, 스마트 기기에서 알람이 울렸다. 수지는 서둘러 와인 잔을 내려놓고 기기를 확인했다. 알람 내용을 훑어본 뒤 짧게 숨을 내쉬고는 자신을 바라보는 엘에게 부드러운 미소를 지었다.

"죄송해요. 엄마의 호흡이 불규칙하다는 알람이 떠서 확인했어요."

엘이 걱정스러운 표정을 짓자 수지가 말을 이어 갔다.

"다행히 센서가 잠깐 오류를 일으킨 거였어요."

엘이 조심스럽게 물었다.

"이런 일이 자주 있나요?"

"네, 종종요. 센서가 워낙 예민해서 엄마가 뒤척이기만 해도 알람이 울리곤 해요."

"그렇군요."

엘은 부드러운 미소를 띠며 고개를 끄덕였다. 잠시 머뭇거리던 그가 조용히 입을 열었다.

"사실은 부러웠어요."

수지는 말의 뜻을 바로 이해하지 못하고 고개를 갸웃했다.

"뭐가요?"

"직접 낳아 준 엄마가 있다는 거요."

"아……."

수지는 잠시 말을 잇지 못했다.

"인공 자궁 센터에서 태어난 분들이 그런 생각도 하나요?"

"저는 그랬어요."

엘은 와인을 한 모금 마시고는 내려놓았다.

"언제부턴가 인간다움이란 것이 무엇인지 궁금해졌어요. 어떤 게 인간답게 사는 건지도 알고 싶었고요. 머리로 아는 것 말고 실제 감각으로 느끼고 싶었어요. 그런 생각을 하다 보니 혈연으로 이어진 가족에 대해서도 관심이 가더군요. 알고 있겠지만 AWP들은 공동육아 시스템에서 양육되잖아요. 성인이 된 이후에는 각자 독립적으로 살아가고요. 그래서 이 주택가로 이사 왔어요. 가족과 함께 살아가는 사람들과 어울리며 인간다운 삶의 한 형태를 배우고 싶었거든요."

솔직한 엘의 이야기에 수지는 그에 대한 궁금증이 조금은 풀리는 듯했다. 그러고 나니 엘이 더 가깝게 느껴졌다. 어쩌면 경계하지 않고 스스럼없이 대화할 수 있을 거라는 생각도 들었다. 친구처럼 지낼 수 있는 이웃이 생긴다는 건 설레는 일이었다.

"알고 싶다는 생각이 당신을 움직이게 했군요."

"사고가 행동을 이끌어 낸 거죠."

"이미 완벽하고, 많은 걸 가졌는데도……."

수지는 엘과 생각이 달라 아이러니하다고 느껴졌다. 입장과 처지에 따라 완벽함도 부족하게 느껴질 수 있는 모양이었다.

"맞아요."

엘이 고개를 끄덕였다.

"난 많은 걸 가졌지요. 부족함 없이 다 가졌다고 생각하며 살았어요. 하지만 어느 순간 깨달았죠. 나는 내 몸 외에는 아무것도 갖지 못한 사람이라는 걸요."

그는 잠시 말을 멈추고 와인을 한 모금 더 마셨다.

"인공 수정된 배아들이 자라는 모습을 보면서 문득 '내 부모는 누구인 걸까?' 하는 질문이 떠올랐어요."

엘의 표정은 진지함으로 물들어 있었다.

"그 질문은 내 존재의 의미에 대한 고민으로 이어졌어요. 의미는 가치로 이어지니까요. 내가 왜 여기에 있는지와 앞으로 살아가야 할 이유, 그리고 미래에 대한 답을 찾고 싶었어요. ……하지만 얻을 수 없었죠."

"살아가야 할 이유와 미래에 대한 답."

수지는 엘의 말을 되뇌며 들고 있던 포크를 조용히 내려놓았다.

"난 정답을 찾고 싶었어요. 하지만 애초부터 인간의 삶에 정답이라는 건 없었던 거예요."

"그래서 포기했나요?"

수지의 물음에 엘이 단호하게 대답했다.

"아니요, 그래도 찾으려고요."

엘은 한쪽 벽에 걸린 시계를 바라보았다. 시곗바늘이 일곱 시를 가리키고 있었다. 엘이 옆에 놓아두었던 자신의 스마트 기기를 집어 들고 화면을 살폈다. 무언가를 확인한 그의 눈빛이 살짝 흔들리더니 입술을 깨물었다.

"혹시 감정을 통해서요?"

수지가 생각났다는 듯 물었다.

"네, 감정이 살아가는 데 나침반이 될 수 있다고 생각했어요. 인간의 삶을 살게 하는 것은 행복이나 성취감도 있지만 상실과 두려움, 아픔이기도 하니까요."

"감정 구독이 도움이 됐나요?"

"**불안**이나 **고통**을 통해서는 답을 찾지 못했어요."

수지는 이해한다는 듯 고개를 끄덕였다. 그러다 생각났다는 얼굴로 말했다.

"**사랑**이군요. **사랑**이 답이 되었나요?"

수지의 눈빛에 생기가 돌았다. 이제야 엘에 대해 온전히 이해할 수 있을 것 같았다.

"네, 맞아요. **사랑**을 구독했고 **사랑**을 통해 어떻게 살아야 할지 알았어요."

수지와 달리 엘의 눈에는 미묘한 기대와 두려움이 뒤섞여 있었다.

"……그래서 오늘이 제가 여기서 보내는 마지막 날이에요."

"마지막 날이라고요?"

수지는 아까 오늘이 마지막 저녁 식사라고 한 엘의 말이 떠올랐다. 인간다움을 알고 싶어 이사를 왔고 **사랑**이란 감정을 통해 살아야 할 이유를 알게 되었으니 이제는 이곳을 미련 없이 떠나려는 걸까.

"원래 살던 곳으로 이사 가는 건가요?"

엘은 대답하지 못하고 머뭇거렸다. 그러는 사이 어디선가 경찰차 사이렌 소리가 들려왔다.

"조금 전, 제가 관리하던 인공 자궁 센터의 전원이 모두 차단됐어요."

수지는 엘의 말을 이해하지 못했다.

"……전원이요?"

"인공 자궁, 생명 유지 알고리즘, 성장 예측 모듈, 백업 서버까지 전부요. 시스템은 완전히 손상됐어요."

"그게 무슨 뜻인가요?"

엘은 손에 쥔 단말기를 들어 보였다.

"제가 직접 전원 스위치를 내렸어요. 이 기기로 복구 경로도 같이 끊었고요. 이제 되돌릴 수 없어요."

수지의 목소리가 떨렸다.

"왜, 왜요?"

잠시 침묵이 흘렀다.

"인공 자궁 센터의 핵심 프로그램은 건물 전체와 태아 유지 장치가 하나의 폐쇄 회로로 묶여 있어요. 시스템을 파괴하려면, 센터 전체를 종료하는 수밖에 없었죠."

"설마요……."

"선택지는 없었어요."

엘은 시선을 피하지 않았다.

"그만요. 그런 끔찍한 농담하지 마세요."

"농담 아니에요."

엘의 표정이 진지했다.

"아, 아니라고요?"

수지는 감정을 느끼지 못하는 AWP들이 대부분 농담이나 허튼소리도 할 줄 모른다고 들은 것이 떠올랐다.

"……왜 그런 짓을 해요?"

수지의 목소리가 커졌다.

"매일 많은 생명을 마주하지만 감동이 없었어요. 인공 자궁 안의 태아들이 소모품처럼 여겨졌어요."

엘이 차곡차곡 안에 있던 이야기들을 꺼내기 시작했다.

"출근한 뒤 무슨 일을 했는지 기억은 나지만 왜 그렇게까지 해야 했는지는 설명할 수 없는 날들이 이어졌어요. 배양실 환경 확인과 데이터 기록을 반복한 일도 모두 생각이 나는데 그 안에서 내가 어떤 의미를 찾아야 하는지는 알 수가 없었죠…… 의미가 사라진 일상 속에서 어느 순간 나조차 소모품처럼 느껴졌어요."

엘의 목소리는 담담했지만 오래 눌러 두었던 생각들이 드러나는 만큼 말의 결에는 힘이 들어가 있었다.

"그…… 그래서요?"

"AWP들 중 감정 문제 외에 다른 장애를 가진 사람들을 만난 적이 있나요?"

엘의 물음에 수지는 기억을 더듬었다. 자신이 아는 이상 신체적인 장애가 있는 AWP들을 본 적이 없었다.

"그야, AWP들은 유전자 편집을 통해 완벽한 유전자를 가진 몸으로 태어나기 때문에……."

"완벽한 유전자라니. 감정을 느끼지 못하는 제가 정말 완벽해 보이나요? 저희들에게 과연 그 문제만 있었을까요?"

엘의 눈빛이 순간 날카로워졌다.

"저는 거기에 대해서는 생각해 본 적이 없어요."

수지는 시선을 피하며 자리에서 일어났다.

"인간의 유전체는 매우 복잡해요. 유전자 편집이 모든 유전적인 문제를 해결할 수는 없어요. 태아의 신경 발달 단계에서 문제가 생겨 여러 장애가 발견될 수도 있지요."

"그럼 어떻게?"

"나는 오랜 시간 고민했어요. 만약 내가 아이를 품는다면 부족함이 있다고 해서 태아를 폐기 처분할 것인가? 문제가 있더라도 손 내밀고 보듬어 줘야 하는 거 아닌가 하고요. 하지만 인공 자궁 센터에서 일하면서는 그러지 못했어요. 그 존재들을 결함으로 정리해 나가면서 나 역시 같은 이유로 언제든 폐기될 수 있는 존재라는 사실이 선명하게 떠올랐어요. 생명이 필요에 의해 선택당하도록 설계된 시스템은 애초에 만들어지면 안 되는 거였어요."

엘의 말에 수지는 놀라 한 걸음 뒤로 물러났다. 저절로 다리가 떨려 잠시 휘청했다.

"인공 자궁 센터의 전원을 진작부터 끄려고 했지만 쉽지 않았어요. **불안**과 **절망**이라는 감정을 통해서 제 자신의 행동을 합리화하고 싶었지만 그 감정으로는 차마 전원을 끄지 못했죠."

떨고 있는 수지와 달리 엘은 AWP답게 차분한 태도로 말을 이었다.

"전원을 끄기 위해 필요한 감정은 **사랑**이었어요."

"사, **사랑**이라고요?"

"**사랑**은 두려움을 이기게 하죠. 그리고 목적과 의미를 갖고 행동하게 해요. 그 결과가 비록 죽음에 이를지라도."

"그래서 **사랑**을 구독했던 거예요?"

수지가 어렵게 물었다.

"……네, 맞아요."

어느새 집 밖에 도착한 경찰이 엘의 이름을 부르며 문을 두드리고 있었다. 반복되는 고함과 함께 문을 쾅쾅 두드리는 소리가 부엌까지 메아리쳤다. 창문 너머로 경찰 드론들이 낮게 윙윙거리며 집 안을 훑었다. 푸른 레이저 광선이 유리창을 뚫고 들어와 벽과 바닥에 어지러운 빛줄기를 드리웠다. 엘은 시선을 흩트리지 않은 채 말했다.

"인공 자궁 센터 같은 건 애초에 만들어져서는 안 됐어요."

수지는 숨이 멎는 듯했다. **사랑**이 엘을 극단으로 치닫게 했고 결국 돌이킬 수 없는 행동을 저지르게 했다는 생각이 들었다. 수지는 더 이상 버티지 못하고 털썩 바닥에 주저앉았다.

하지만 엘은 손에 들고 있던 와인을 끝까지 마셨다.

그리고 힘을 주어 말했다.

"인간이 인간을 구독하지 않도록."

이별 박물관

나는 이별 박물관으로 가는 중이다.

학교 재량휴업일이라 친구들과 영화를 보러 가기로 했는데, 다들 하나둘씩 사정이 생겼다며 약속을 취소했다. 상황이 바뀌면 다시 만나자고 메시지를 남긴 친구도 있었지만 나중엔 연락이 되지 않았다. 아침 일찍 버스를 타고 나와서 전철역 안에 이미 들어가 있었는데, 괜히 시간만 낭비했다는 생각이 들었다.

내가 지금 전철역에 있는 걸, 그리고 약속이 취소된 걸 어떻게 알았는지 엄마에게서 메시지가 왔다. 근처에 와 있으니 전철역에서 나와 '이별 박물관'으로 오라는 내용이었다.

"엄마가 여긴 무슨 일이지?"

오늘 중요한 회의가 있다며 정장을 차려입고 급하게 출근한 엄마가 왜 이 근처에 온 건가 싶었다. 어찌 됐건 나는 박물관으로 갈 마음이 없었다. 일찍 나가겠다고 아침부터 부산을 떨어서인지 피곤이 몰려왔다. 그냥 역 안에 놓인 의자에 앉아 쉬고 싶은 마음이 굴뚝 같았다. 엄마에게 전화를 걸었다.

신호음이 계속 이어졌지만 엄마는 전화를 받지 않았다. 엄마에게 메시지를 보냈다.

> 나 그냥 여기서 조금 더 쉬다가 집에 갈게.

> 시간 얼마 안 걸려. 가까우니 어떻게든 찾아서 와.

> 전화는 왜 안 받아?

> 사정이 있어. 만나서 얘기해.

일단 전철역 밖으로 나왔다. 출근 시간대가 지나서인지 주위는 한산했다. 버스 정류장 벤치에 앉아 휴대폰 길 찾기 앱을 켰다.

"도대체 이별 박물관이 어디에 있는 거야?"

박물관 위치를 검색해 보니 엄마 말대로 이곳에서 멀지 않았다. 빨리 걸으면 십 분 이내에 갈 수 있을 듯했다.

"우리나라에 이런 박물관도 있었네."

역사 박물관이나 씨앗 박물관, 곤충 박물관 등 다양한 박물관이 있다는 건 알았지만 이별 박물관에 대해서는 처음 들었다. 집에서 버스로 몇 정거장 되지 않는 곳에 있었는데 지금까지 왜 몰랐을까 싶었다.

"하긴, 감옥 박물관이나 하수구 박물관도 있다니까 뭐."

정류장 벤치에서 일어나 박물관으로 향했다. 거리는 무척이나 한산했다. 하늘에는 먹구름이 가득했고 안개가 짙게 깔려 있어 바로 건너편 길도 잘 보이지 않았다. 아니나 다를까 몇 걸음 떼기도 전에 빗방울이 한두 방울씩 떨어지기 시작했다.

길을 찾느라 들고 있던 휴대폰에도 빗방울이 떨어졌다. 방수 기능이 있다고는 하지만 그래도 젖으면 안 좋을 것 같았다. 지도를 보니 다행히 다음 골목만 지나면 박물관 입구였다. 바지 주머니에 휴대폰을 넣고 걸음을 서둘렀다.

골목을 벗어나자 낮은 담장으로 둘러싸인 건물이 나타났다. 3층 정도의 높이로 보였지만 달걀을 눕혀 놓은 듯한 반원형의 특이한 모양이라 몇 층 건물인지 정확히는 알 수 없었다. 박물관 뒤로는 전철 한 대가 무척이나 느리고 무겁게 지나갔다.

"이런 건물은 처음 봐."

나는 입구에 세워져 있는 '이별 박물관' 간판을 확인하고 잔디가 깔린 정원을 지나 계단을 올랐다. 평일 오전이라 그런지 아직 관람객은 없었다. 건물 입구에 도착해 엄마를 찾았다.

"여기서 기다리는 거지?"

엄마가 박물관 입구에 있을 줄 알았는데 보이지 않았다. 나를 기다리다 커피를 사러 갔을 수도 있겠다는 생각에 둘러보았지만 박물관 어디에도 카페는 없었다.

다시 엄마에게 전화를 걸었다. 신호음이 들리지 않았다.

"비를 맞아서 그런가?"

통화 종료 버튼을 누른 뒤 휴대폰을 닦았다. 이상하게도 손끝에 검은 얼룩이 묻어났다. 빗방울에 섞인 먼지 때문인지 손때에 더러워진 건지 알 수 없었다. 휴대폰을 바지에 문질러 깨끗이 닦고는 혹시나 남았을지 모를 물기를 털었다. 그리고 다시 전화를 걸었다. 잠시 조용하더니 곧 신호음이 들렸다. 하지만 이번에도 음성 메시지를 남기라는 안내가 나올 때까지 엄마는 전화를 받지 않았다. 무슨 사정이 있어서 안 받는 건가 싶었다. 나는 곧장 메시지를 보냈다. 엄마는 전화는 받지 않더니 메시지에는 바로 답했다.

> 엄마, 왜 전화 안 받아? 나 도착했어.

잘 찾아왔네. 기특해.

> 나 길 잘 찾잖아.

박물관 예약해 놨으니 돌아보고 있어.

예약?

응, 연락 잘 안 될 수도 있어. 금방 갈게.

엄마는 너무 일방적이다. 내 의견은 묻지도 않고 박물관 관람을 예약하다니. 함께라면 몰라도 나 혼자서 관심도 없는 박물관을 구경하고 싶지는 않았다. 어쨌든 근처라고 했으니 엄마가 멀지 않은 곳에 있을 거였다. 예전에도 회사 일로 동네 가까운 곳에서 약속을 잡는 걸 봤다. 아마도 근처 어딘가에서 누군가와 만나하던 이야기를 마무리 짓고 있을 거다. 그러니 조금 더 기다리는 게 나을 것 같았다.

내가 계속 박물관 입구에서 서성거리자 단정한 검은 양복에 나비넥타이를 맨 키 큰 남자가 밖으로 나왔다.

"혹시 박물관 관람 예약하셨나요?"

남자가 점잖은 목소리로 물었다. 마치 호텔이나 레스토랑의 지배인 같은 차림과 말투였다.

"아, 저희 엄마가 예약했다는데요. 늦는다고 연락이 와서요."

내 말에 남자가 깍듯이 고개를 숙이며 대꾸했다.

"네, 예약자 가족분이시군요. 어머님께서는 학생이 도착하면 먼저 관람할 수 있도록 안내해 달라고 부탁하셨습니다. 관람이 끝날 때쯤에는 기념품 가게에서 기다리고 계실 겁니다."

"기념품 가게요?"

남자는 고개를 끄덕였다. 나는 망설였다. 비를 맞아서인지 추웠고 물에 넣었다 뺀 솜인형처럼 몸이 무거웠다. 발끝에서 서서히 차오르는 피로가 이내 나를 주저앉힐 것 같았다. 얼른 집에 돌아가 쉬고 싶었다.

나는 다시 엄마에게 전화를 걸었다. 더 늦게 되면 집으로 가겠다는 얘기를 하려고 했지만 여전히 통화가 되지 않았다. 메시지에는 바로바로 답장해 주면서 왜 전화는 받지 않는 걸까.

"저는 박물관 큐레이터입니다. 걱정하지 마시고 저와 함께 박물관을 관람하시면 됩니다."

"아니, 그래도……."

주저하는 내 표정을 본 큐레이터가 다음 말을 꺼냈다.

"여긴 개인 맞춤형 박물관입니다."

'개인 맞춤형 박물관?'

나는 머리를 갸웃했다.

"관람객 각자의 감정과 심리 상태, 그리고 이별 경험을 파악한 뒤에 개인의 특징과 경험에 따른 맞춤형 전시물을 보여 주는 시스템입니다."

큐레이터의 말을 단번에 알아듣기 어려웠다.

"박물관을 찾아온 사람에 따라 전시물이 매번 달라진다는 얘기인가요?"

"네, 이해가 빠르시네요."

"와, 인공 지능 시스템을 갖추고 있나 봐요?"

"비슷하다고 보시면 됩니다. 박물관 시스템이 관람객에게서 나오는 에너지를 감지해, 그 안에 담긴 감정이나 기억을 찾아냅니다. 그렇게 찾은 정보들은 디지털 데이터로 변환하고, 그 데이터를 이용해 실제 물건처럼 눈에 보이고 만질 수 있는 형태로 만들어 내는 거죠. 이 때문에 개별 전시관에는 한 분씩만 입장이 가능합니다."

박물관 시스템이 나의 이별 경험을 알아낼 수 있다는 게 신기했다. 그렇다면 어떤 전시물이 나올지도 궁금했다. 내 별자리나 혈액형, 타로 운세를 확인하고 싶은 마음처럼 말이다.

어느새 나는 큐레이터를 따라 박물관 안으로 걸음을 옮기고 있었다. 공기 정화 시스템 때문인지 건물 안에 들어서니 공기가 한결 산뜻했다. 가벼운 라벤더 향이 코끝을 스쳤다. 비를 맞고 피곤해서 경직되어 있던 몸이 은은한 조명과 아늑한 온기에 스르륵 풀리는 것 같았다.

"일 층 로비는 일반 전시관입니다. 이 층에 있는 개별 전시관을 먼저 관람하신 뒤에 자세히 둘러보겠습니다."

큐레이터가 앞서가며 계단으로 안내했다.

로비 중앙에는 하얀 웨딩드레스가 전시되어 있었다. 드레스 전체를 감싸는 레이스는 마치 별빛을 담아낸 듯 화려하게 광채를 발했다. 화관이 달린 면사포는 흡사 안개처럼 웨딩드레스 위로 부드럽게 내려와 은은한 빛을 머금으며 고요히 흔들렸다.

학교 로고가 달린 중고등학교 교복들도 보였다. 흰색 셔츠와 넥타이, 차콜색 바지와 체크무늬 스커트까지. 모두 눈에 익은 교복들이었다. 주황색 소방복과 남색 경찰복도 전시되어 있었다. 마치 의복 전시실에 온 느낌이었다. 웨딩드레스는 새하얗게 빛이 났지만 다른 옷들은 색이 바래고 해져 있는 게 누군가 입던 옷들인 것 같았다. 무엇보다 소방복엔 검은 그을음이 묻어 있어 실제로 입었던 흔적이 한층 더 느껴졌다.

한쪽 벽면에는 여행용 가방과 다이어리가 놓여 있었다. 그와 함께 사랑하는 사람들의 모습이 찍힌 사진과 사랑을 주고받은 메시지가 담긴 화면이 전시되어 있었다. 그리고 다른 공간에는 파이프로 얽힌 철제 조형물에 여러 색깔의 자물쇠들이 가득 걸려 있었다. 어찌 보면 이별 박물관이 아니라 사랑 박물관이라 해도 틀린 말이 아닐 것 같았다.

"이별 박물관에 웨딩드레스가 있을 거라고는 생각하지 못했어요."

나는 계단을 걸어 올라가며 큐레이터에게 말했다.

"결혼식을 앞두고 연인과 헤어진 분의 웨딩드레스랍니다."

"아, 그래서 턱시도는 안 보이는 건가요?"

"글쎄요."

큐레이터는 앞만 보며 담담하게 말했다. 각각의 사연에 자신의 이야기를 덧붙여 감정을 섞고 싶지 않은 눈치였다. 보도 프로그램 진행자처럼 객관적인 사실만을 전하려고 하는 것 같았다. 그나저나 웨딩드레스의 주인은 무슨 사연으로 저렇게 아름다운 웨딩드레스까지 맞추고 나서 사랑하던 사람과 헤어졌을까.

이 층은 전체가 개별 전시관이었다. 큐레이터의 말처럼 한 사람의 관람객만을 위한 전시관인 듯했다. 일 층과 달리 전체적으로 어두웠고 주홍빛 조명이 길을 안내하고 있었다. 그 때문인지 마음이 차분해지며 몸의 감각 하나하나가 선명해졌다.

"저 거울 앞에 서시면 됩니다."

큐레이터가 전시관 입구 바닥을 가리켰다. 매끄럽고 윤이 나는 대리석 바닥에는 동그란 거울이 조각조각 부서진 채 박혀 있었다. 그 앞에 서서 내려다보니 내 모습이 각각의 조각마다 다르게 보였다. 단순히 각도에서 나오는 차이가 아닌 것 같았다. 얼굴과 표정 그리고 품고 있는 감정까지도 달라 보였다. 눈을 비비고 거울 조각들을 좀 더 자세히 들여다보려는데 레이저 같은 푸른 빛이 쏟아져 나왔다.

"에테르 라이트가 손님이 품고 있는 에너지를 통해 감정과 기억을 파악하는 중입니다. 잠시 그대로 서 계시면 됩니다."

큐레이터의 말에 나는 어깨를 펴고 자세를 바로 했다.

"이 푸른빛이요?"

빛이 어떻게 나를 파악할 수 있다는 걸까. 인공 지능이 발달하더니 이제 못 하는 게 없나 보다. 표정이나 손짓, 자세를 보고 일부는 짐작할 수도 있겠지만, 일시적인 행동이나 태도로 나의 생각과 기억까지 인식해 전시물로 보여 준다는 게 과연 가능한 일일까 싶었다.

"이별을 겪을 때 느끼게 되는 감정은 충격, 부정, 슬픔, 분노, 상실감, 타협, 우울, 수용 등 여러 가지로 나눌 수 있다고 하죠."

푸른 빛이 사라지자 큐레이터는 말을 이었다.

"여기서는 이별에 대한 손님의 감정을 각각 다섯 개의 전시물을 통해 들여다볼 수 있을 겁니다."

"다섯 개 전시물이요?"

큐레이터는 나를 전시관 안으로 안내했다.

첫 번째 전시실로 들어가니 핀 조명 아래에 전시용 유리 상자가 보였다. 납작한 타원형의 투명 플라스틱 안에 장수풍뎅이 모형이 들어 있는 작은 열쇠고리가 전시되어 있었다. 큐레이터는 열쇠고리를 들여다보며 말했다.

"예쁜 열쇠고리군요."

"네, 예쁘네요."

내 반응에 큐레이터는 고개를 갸웃했다.

"기억 안 나십니까?"

"기억이요?"

맞다, 여긴 맞춤형 전시실이라고 했다. 그러니 저 열쇠고리도 나와 관련된 물건일 것이었다. 그나저나 큐레이터라고 개별 전시물까지 다 아는 건 아닌 모양이었다. 열쇠고리를 자세히 들여다보고 있으니 조금씩 기억이 떠올랐다. 풍뎅이 열쇠고리는 초등학교 1학년 때 갑작스럽게 전근을 하게 된 담임 선생님이 반 아이들 모두에게 주고 간 선물이었다. 지금은 책상 서랍 안 어딘가에 있을 거다. 새 학기가 시작된 지 얼마 안 되어 떠난 선생님의 선물이었기에 잊고 있었다.

"생각났어요. 초등학생 때 학교 선생님이 주신 열쇠고리예요."

"그렇군요. 그때는 선생님과의 이별이 아쉬웠지만 그분을 오래 기억하지는 않았군요."

큐레이터의 말에 나는 고개를 끄덕였다. 어쩐지 큐레이터가 내 마음을 읽고 있는 것 같았다.

"어떻게 아셨어요?"

"전시물을 바로 알아보지 못하길래 그렇게 생각했습니다."

"아."

나는 고개를 끄덕였다.

"그런데, 저 열쇠고리 꺼내서 만져 봐도 되나요?"

나는 손으로 열쇠고리를 가리키며 물었다.

"네, 그렇지만 전시된 물건들은 실물이 아니라 이미지를 구현해 만든 것이기 때문에 감상하는 데에만 의미를 두셔도 됩니다."

큐레이터의 대답에 나는 주위를 살펴보았다.

"혹시 찾는 게 있나요?"

"음…… 그러니까, 3D 프린터요."

큐레이터가 의아한 표정을 지었다.

"네?"

"이 풍뎅이 열쇠고리를 3D 프린터가 만들어 낸 거 아닌가요?"

내 물음에 큐레이터가 양쪽 입꼬리를 올리며 미소를 지었다. 하지만 감정이 담겨 있지 않았다. 예의를 갖추려고 웃는 표정 같았다.

"3D 프린터로 만든 건 아닙니다. 감정과 기억이 응축된 미세한 특수 입자들이 만나, 안개가 물방울이 되듯 전시실 안에서 눈에 보이는 물건으로 만들어진다고 생각하시면 됩니다."

큐레이터가 설명을 마치고는 손을 들어 출구 쪽을 가리켰다. 다음 전시실에는 어떤 물건이 있을지 궁금했다. 잊고 있던 예전의 기억을 떠올리게 되니 흥미로웠다. 여길 오길 잘했다는 생각이 들었다.

몇 걸음 걷기도 전에 음식 냄새가 났다. 구운 피자 도우의 고소한 향과 함께 모차렐라치즈가 녹아내리면서 나는 짭조름한 향이 느껴졌다. 토마토소스의 달콤하고 산뜻한 향과 루콜라의 풋풋하고 쌉싸름한 향이 조화로웠다. 이모가 자주 만들어 주던 루콜라피자 냄새가 분명했다.

아니나 다를까, 두 번째 전시실에 들어서자 빨간 방울토마토와 시금치처럼 생긴 루콜라가 얹힌 피자가 놓여 있었다. 오븐에서 막 꺼낸 듯 하얀 김이 올라왔다. 한 조각 집어 들면 치즈가 쭈욱 늘어날 것 같았다.

"제가 먹었던 피자와 냄새가 똑같아요. 모양도요."

이모가 결혼하고 미국으로 떠난 뒤 루콜라피자는 한동안 맛볼 수 없었다. 이모가 엄마에게 피자 만드는 비법을 전수해 줬다고 했지만 비법이 손을 타는지 엄마가 만들어 준 피자는 늘 밍밍하거나 느끼했다.

"이모가 자주 해 주던 피자예요."

나는 피자에서 눈을 떼지 않고 말했다. 그러자 큐레이터가 내 모습을 살피며 물었다.

"이모와 헤어지고 힘들었나요?"

이모가 보고 싶을 때면 늘 피자가 생각났고, 이모가 만들어 준 피자를 먹으면서 늦은 시간까지 엄마를 기다리던 어릴 적 내가 떠올랐다.

"이모가…… 그리웠어요."

갑자기 목이 메었다.

"우리 이모는 늘 토마토와 루콜라를 넣은 피자만 만들어 줬어요. 베이컨이나 소시지를 넣어 달라고 했는데도요."

내가 우울한 표정을 짓는데도 큐레이터는 담담하게 대꾸했다.

"그랬군요. 그나저나 이 전시관에도 음식을 조리하는 전기 오븐이나 전자레인지 등의 기기는 없습니다. 지금 보시는 건 미세 입자로 이루어진 일종의 모형이지요."

상냥한 안내였지만 내 그리움에 찬물을 끼얹는 느낌이었다. 내가 대꾸하지 않고 물끄러미 쳐다보자 큐레이터는 이내 시선을 돌리며 헛기침을 했다.

"흠, 흠. 그러면 이제 다음 전시실로 가실까요?"

세 번째 전시실은 불 꺼진 영화관처럼 온통 어두컴컴했다. 잠시 뒤 아이들이 왁자지껄 떠드는 소리가 들렸다. 그리고 그 소음 사이로 누군가 뛰어오는 발소리가 들렸다.

"잠깐만 내 얘기 좀 들어 보고 가."

"네가 그 애랑 만나는지 몰랐어."

"아니, 할 얘기가 있다길래 잠깐 가서 얼굴만 본 거야."

"향수도 선물했다며!"

"그거 그 애가 부탁해서 사 준 거야."

"부탁한다고 해서 그렇게 비싼 향수를 줬다고?"

학교 운동장에서 두 사람이 싸우는 소리가 들렸다. 주변에 시끄럽게 재잘대는 소리가 가득한데도 다른 사람의 모습은 보이지 않고 학교 건물 일부와 흰 구름이 가득한 하늘만 전시실 안 벽면에 영상으로 드러났다.

"그냥 미안하다고 말하면 안 되냐?"

"잘못한 게 있어야 미안하다고 하지."

한동안 좋아했던 아이였다. 처음엔 그 아이도 나를 좋아하는 줄 알았다. 사귀자는 내 말에 분명 설렌다고 답했으니까. 하지만 아니었다. 그 앤 사귀는 거랑 좋아하는 거랑은 다르다고 했다. 다른 사람을 좋아하면 왜 안 되냐고 했다. 그 뻔뻔한 태도에 화내는 것조차 아까웠다.

"그래, 차라리 빨리 끝나 잘됐어."

그 아이와 헤어진 이후 가슴이 아플 때마다 난 스스로를 다독였다.

"괜찮아." "왜 내가 그런 애 때문에 힘들어야 해." "그 애와의 만남은 생각할 가치조차 없어."라고 말이다.

그런 이별로 쓸데없이 가슴 아프기 싫었다. 그런 아이 때문에 괴로워하는 게 기분 나빴다. 지금 전시실에 펼쳐지고 있는 영상은 그 아이와 싸울 때 내가 보았던 하늘이었다. 돌아서 가는 아이의 모습이 보인 뒤 훌쩍이는 소리가 몇 초간 흘러나왔다. 하늘이 보일 땐 잠시 멈추기도 했지만 이내 다시 훌쩍거리는 소리가 들렸다.

그날 나는 눈물을 감추려고 그렇게 하늘을 보며 하루를 보냈다.

"좋아했던 친구와 헤어지게 되어 슬펐나요?"

"슬펐다기보다…… 말도 안 되는 상황을 받아들이기 힘들었던 것 같아요."

"그래서 스스로를 다독이고 위로했군요."

큐레이터의 말에 나는 피식 웃었다.

"지금 생각해 보니 그랬던 것 같아요."

이미 지나간 일이라 웃으며 대답했지만 기분은 좋지 않았다. 아직 그때의 속상한 감정이 마음 한구석에 남아 있는 모양이었다.

다음 전시실로 향하는 게 꺼려졌다. 큐레이터가 처음에 말한, 이별할 때 겪는 여러 종류의 감정을 가장 가벼운 것부터 되짚고 있는 것 같다는 생각이 들어서였다. 그렇다면 앞으로 남은 전시는 지금보다 더 무거운 감정을 담고 있을 터였다.

"사람들이 이 박물관에 오는 이유가 뭔가요?"

나는 앞서가는 큐레이터를 붙잡고 물었다. 이별의 기억을 꺼내 마음속 상처를 다시 헤집는 곳에 예약을 하면서까지 굳이 올 필요가 있을까 싶었다.

"왜 사람들이 여기까지 와서 힘든 기억을 꺼내 보는 거죠?"

조금은 당돌하게 물었지만 큐레이터는 머뭇거리지 않고 대답했다.

"대개는 이별의 경험을 살펴봄으로써 자신의 삶을 더 사랑하기 위해서랍니다. 또한, 이별로 인한 상처가 있다면 그 상처를 치유하기 위해서고요."

"상처를 치유한다고요?"

큐레이터의 말이 이해되지 않았다. 오히려 잊고 있던 기억을 끄집어내 상처가 덧나는 게 아닌가 싶었다. 내가 미간을 찌푸리고 입술을 내밀자 큐레이터가 멋쩍게 웃었다.

"언젠가는 이해하게 될 겁니다."

나는 괜히 아픈 경험을 떠올리고 싶지 않았다. 난 평범한 지금의 삶이 좋았다. 그리고 특별히 치유해야 할 이별의 상처도 없었다.

"혹시, 다음 전시실로 가는 게 두려우신가요?"

"아니, 두렵다기보다……."

나는 머뭇거리다 관람을 그만두겠다고 말할 기회를 놓쳐 버렸다. 큐레이터는 내 말이 끝나기도 전에 다음 전시실로 앞서 걸어가고 있었다.

네 번째 전시실로 들어가니 전시대 위에 하얀 털 쿠션이 놓여 있었다. 저 쿠션이 나의 이별 경험과 무슨 관련이 있는 건가 싶었다.

"한번 만져 보세요."

큐레이터의 말에 나는 털 쿠션에 손을 얹었다. 쿠션을 조물조물 만지다 보니 갑자기 익숙한 감각이 떠올랐다.

"구, 름."

나도 모르게 이름을 불렀다.

"구름이."

울컥했다. 잠깐 사이 눈물이 주르륵 흘렀다. 이렇게 쉽게 눈물이 날 줄 몰랐다. 마치 울음 버튼을 누른 것처럼 눈물비가 쏟아졌다.

구름이는 엄마에게 조르고 졸라 데리고 온 강아지였다. 친구네 개가 낳은 새끼였는데, 태어난 지 다섯 달 되었을 때부터 키워 삼 년을 넘게 함께했다. 내가 손을 내밀면 자기도 앞발을 내밀었고 내가 바닥에 앉으면 다리 위로 올라와 몸을 기댔다. 달리기는 언제나 나보다 빨랐다. 잠을 잘 때는 물론이고 친구와 싸우거나 엄마에게 야단맞고 방에 있을 때도 나를 혼자 두지 않은 구름이. 그런 구름이를 목줄도 채우지 않은 채로 데리고 친구를 만나러 나갔다가 그만 공원에서 잃어버렸다. 친구와 장난을 치느라 잠시 한눈판 사이에 말이다.

처음엔 구름이를 금방 찾을 줄 알았다. 구름이와 자주 가던 공원이니 근처 어디에선가 얼굴을 내밀고 나타나 꼬리를 흔들 것만 같았다. 하지만 그러지 않았다. 공원을 벗어나 가까운 골목길까지 샅샅이 뒤지고 다녔지만 아무 데서도 구름이 모습은 보이지 않았다. 이후 동네 골목골목 구름이 사진을 붙이고 유기 동물 보호소도 방문해 구름이를 찾았지만 그 어디에서도 구름이 소식은 들려오지 않았다.

시간이 제법 지난 뒤 엄마는 누군가가 구름이를 데리고 간 것 같다고 했다. 주인 없는 개라고 생각해 돌봐 주려 한 것 같다면서 "어디선가 누군가의 보살핌을 받으며 잘 살고 있을 거야. 애교가 많은 성격이니 누구라도 구름이를 사랑해 주겠지."라고 말했다. 엄마도 속상하고 가슴 아프면서 아무렇지 않은 척 나를 위로했다.

"내 실수였어. 아니 실수가 아니라 잘못이었어."

구름이가 우리 집에 오기 전부터 봐 왔던 이웃집 개들은 아직도 산책을 다니는데 구름이만 한순간에 사라져 버렸다. 한동안 구름이가 떠났다는 걸 인정할 수 없었다. 구름이가 긁어 놓은 가죽 소파, 물어뜯은 방석, 구름이가 입던 옷과 목줄은 그대로 남아 있었다. 학교에서 돌아와 현관문을 열고 들어가면 언제든 제일 먼저 달려 나와 전처럼 나를 반겨 줄 것만 같았다. 잘 때마다 내 품을 파고들던 구름이, 그때마다 느껴지던 구름이만의 냄새와 몽글몽글하고 폭신한 털.

'혹시라도 누가 구름이를 데리고 간 게 아니라면 어떻게 하지? 낯선 곳에서 무서워 떨고 있는 건 아닐까? 어디선가 날 기다리고 있으면 어떡하지?'

한동안 구름이가 날 찾고 있을 거라고 생각하면 미안하고 걱정되는 마음에 잠을 잘 수가 없었다. 구름이의 냄새를 맡고 털을 쓰다듬으며 함께 잠들고 싶었다. 사랑한다면 떠나보내지 않았어야 했다. 놓지 않았어야 했다. 길을 잃지 않도록 지켜 줬어야 했다. 시간을 되돌릴 수 있다면 그날 친구를 만나러 나가기 전으로 되돌리고 싶었다.

"이제 마지막 전시관으로 가시죠."

큐레이터가 손으로 눈물을 닦아 내는 나에게 하얀 손수건을 건넸다.

'마지막 전시관엔 어떤 이별 전시물이 날 기다리고 있을까. 혹시 내가 감당하기 힘든 이별이면 어쩌지?'

잠시 고민이 되었다. 머릿속엔 괜스레 여러 가지 생각이 떠올랐다. 무엇을 마주하게 될지, 어떤 감정에 휘둘리게 될지 몰라 발이 떨어지지 않았다. 내가 계속 머뭇대자 큐레이터가 앞장서 걸었다.

"제가 저의 이별에 대해 군이 알아야 하나요?"

나는 손수건으로 눈물을 닦은 뒤 큐레이터를 따라가며 물었다.

"꼭 가셔야 합니다."

아까와 달리 큐레이터가 단호했다.

"왜 꼭 가야 해요?"

"때로는 절대적으로 바꿀 수 없는 것들이 있거든요."

알 수 없는 말을 하는 큐레이터의 모습은 담담함을 넘어 결연해 보이기까지 했다. 나는 불편함과 불안함 사이에서 마지막 디딤돌을 남겨 놓은 기분이었다. 어디로 가든 만족스럽지는 않을 것이었다.

'그래, 가자.'

다섯 번째 전시실만 지나면 끝날 일이었다. 구름이와 헤어진 것

이상의 가슴 아픈 이별 경험은 떠오르지 않았다. 가볍게 호흡을 고른 뒤, 아무 일도 없을 거라고 애써 생각하며 발걸음을 뗐다.

"뭐, 별거 있겠어?"

다섯 번째 전시실로 들어가자 엉뚱하게도 탄 냄새가 먼저 나를 맞았다. 캠핑장에 갔을 때 맡았던 나무 타는 냄새가 아니었다. 화학 물질이 탈 때 나는 냄새 같았다. 뿌연 연기가 들어차 전시실 조명이 흐릿했다. 큐레이터를 따라 조금 더 걸음을 옮기니 유리 상자 안에 작은 전시물이 보였다. 휴대폰이었다. 검은 그을음이 잔뜩 묻어 있었다. 손자국도 나 있었다. 실제로 누군가 쓰던 휴대폰 같았다.

"누구 휴대폰이에요?"

휴대폰과 관련된 이별은 떠오르지 않았다.

"자세히 살펴보시길 바랍니다."

큐레이터의 말에 나는 한 걸음 앞으로 다가갔다. 일 년 전 출시된 모델이었다. 우리 가족 모두가 쓰는 모델이기도 했다. 낯익은 케이스에 네잎클로버 고리가 달려 있었다. 몇 달 전, 엄마와 영화를 보러 가던 길에 수공예품을 파는 가게에서 두 개를 사 하나씩 나눠 단 고리였다.

"저, 기요."

나는 떨리는 목소리로 큐레이터를 불렀다.

"물어볼 게 있는데요. 혹시, 저희 엄마에게 무슨 일이 생겼나요?"

나는 머뭇거리는 큐레이터의 답변을 기다리다 입술을 깨물었다.

"……그렇지 않습니다."

"그럼 안 좋은 상황인가요?"

엄마에게 위험한 일이 생겼나 싶어 걱정이 되었다. 어쩌면 좋지 않은 상황이라 나를 이곳으로 불러냈는지도 모른다. 그래서 전화를 못 받은 건가 싶었다.

"박물관의 특징은 전시물들이 과거의 것으로 이루어져 있다는 것이죠."

큐레이터는 차분하게 대꾸했다.

"과, 과거라고요?"

나는 좀 더 자세히 휴대폰을 들여다보았다.

"저 휴대폰은 저희 엄마 거란 말이에요. 왜 엄마 휴대폰이 저기 있는 거죠? 조금 전까지 저랑 메시지를 주고받았다고요!"

"전시된 휴대폰은 어머님 것이 아닙니다."

"아니라니요?"

자세히 보니 휴대폰 필름에 금이 가 있었다.

"……지금 저 휴대폰은, 마, 말도 안 돼. ……저 휴대폰은 제 거잖아요."

나는 손에 들고 있던 휴대폰을 내려다보았다. 필름에 금이 생긴 모양이 전시된 휴대폰과 똑같았다. 학교에서 수업에 늦어 뛰어가다 바닥에 떨어뜨려 생긴 금이었다. 하지만 내 휴대폰은 전시된 것처럼 더럽지 않고 깨끗했다.

"왜, 또 다른 제 휴대폰이……."

큐레이터는 대답 대신 알 수 없는 표정을 지었다. 입꼬리를 억지로 올렸지만 무척이나 씁쓸해 보이고 경직된 표정이었다.

"이제 조금씩 기억이 떠오르지 않습니까?"

큐레이터가 엉뚱한 질문을 했다.

나는 혼란스러운 마음으로 내 손에 들린 휴대폰의 화면을 켰다. 원래와 같은 화면에 잠시 안도하다 시간이 오전 9시 58분에 멈춰 있는 걸 발견했다.

"지금 몇 시죠?"

친구들과 만나기로 했던 시간은 9시 30분이었다. 그로부터 시간이 한참 지났는데 왜 아직 9시 58분밖에 안 된 건지 이해되지 않았다.

"사고였습니다."

큐레이터가 침착하게 말했다.

"누구도 예상하지 못한, 그러나 누군가의 책임이 있었던 사고."

타는 냄새가 더 강하게 느껴졌다. 전시실 바닥이 덜덜덜 떨렸다. 박물관 뒤로 전철이 지나가는 소리가 들렸다. 웅성거리는 친구들의 목소리도 들리는 것 같았다.

그을음이 묻은 전시된 휴대폰으로 시선을 돌렸다. 화면에 나타난 날짜를 보니 이미 석 달도 넘게 지나 있었다.

'내가 아침에 전철을 탔었나?'

머릿속에서 어떤 기억의 조각들이 불쑥불쑥 튀어나왔다. 그날 나는 전철을 탔다. 얼마 지나지 않아 다른 어느 칸에서 불이 났고, 터널 어딘가에서 전철은 멈추었다. 급히 번진 연기에 시야는 금세 흐려졌고 친구들은 눈앞에서 사라졌다. 코끝이 매캐해지며 한순간 숨을 쉬기가 힘들어졌다. 나는 급히 휴대폰을 붙잡고 엄마에게 전화를 걸었다. 그리고 내 이름을 부르는 엄마의 목소리를 들었다. 하지만 여기저기서 번진 비명과 살려 달라는 외침에 나는 더 이상 엄마와 통화할 수가 없었다. 휴대폰을 덮는 그을음을 지워 가며 한 글자씩 눌러 엄마에게 메시지를 보냈다.

"그런데, 내가 왜 여기에 있는 거지?"

속이 메스꺼워 구역질이 날 것 같았다. 머릿속에서 꿈틀대며 떠오른 기억들이 어디까지 진짜이고 아닌지를 알 수가 없었다.

급히 전시실 밖으로 빠져나왔다. 그리고 계단을 내달려 일 층 로비에 내려갔다. 로비에 진열된 웨딩드레스가 다시 눈에 들어왔다. 걸음이 저절로 멈춰졌다. 나는 계단 난간을 붙잡고 섰다. 드레스가 유난히 눈부셨다.

"저 웨딩드레스는 결혼식을 앞두고 세상을 떠난 신부의 드레스였습니다. 구조된 지 이틀 만에 세상을 떠나 유족들이 너무도 가슴 아파했습니다."

"네?"

어느새 뒤따라온 큐레이터가 말을 이었다.

"그을음이 묻은 소방복은 화재를 진압하다 순직한 소방관의 옷입니다."

구조, 화재……. 불안한 단어들이 혼란스러운 기억들과 맞물렸다.

"누군가는 졸업 전시회를 준비하느라 밤을 새우고 집에 가는 중이었고 다른 누군가는 휴가를 떠나는 중이었죠. 그때 그 전철을 타고요."

나는 벽에 전시된 종이를 가까이 다가가 살펴보았다. 사람들이 휴대폰 화면을 출력한 사진이었다. 헤어짐을 두려워하는 메시지, 사랑을 고백한 메시지, 죽음을 앞두고 구조를 요청하는 글도 있었다.

다른 한 전시관에는 예매하고 타지 못한 비행기표와 기차표들이 자리를 메웠다. 유리 진열대에 전시된 내 교통 카드도 눈에 들어왔다. 전철 안에서 떨어뜨린 뒤 밟아 그을음 묻은 내 신발 자국이 아직도 카드에 남아 있었다.

"당신은 지금 영혼 인터페이스에 머물고 있습니다."

큐레이터가 나와 눈을 맞추며 또박또박 말했다.

"영혼 인터페이스?"

"이 공간은 영혼과 인간이 소통을 할 수 있도록 서로에게 맞는 환경을 제공합니다."

언젠가 들은 적이 있었다. 소통하고자 하는 영혼의 다양한 정보를 입력하면 에너지 전송 시스템이 영혼과의 연결을 시도하고, 주파수를 잡아 인간과 소통할 수 있다고 말이다. 실제로 가능한 일이라고는 생각하지 못했었다.

"당신이 불행하게 세상을 떠난 일로 인해 당신을 사랑하는 사람들은 거세게 분노하고 아파했습니다. 그 슬픔과 고통이 이별 박물관에 접수되었고, 당신을 이곳으로 이끌었습니다. 덕분에 전철역에서 떠나지 못하던 당신의 영혼을 석 달도 더 지나서야 이곳으로 데리고 올 수 있었지요. 이제 남겨진 이들에게 마지막 인사를 전하기 바랍니다."

큐레이터의 말이 끝나자마자 다시 전철이 지나는 소리가 들렸다. 바퀴 굴러가는 소리가 건물 전체를 울릴 정도로 무척이나 컸다. 그러고 보니 우리 집 근처 전철 노선 중 지상을 지나는 구간은 없었다. 여기가 어딜까?

"지금 당신의 모습과 말은 생전의 얼굴과 목소리로 동일하게 전환되어 실시간으로 사람들에게 나타날 겁니다. 당신이 보고 있는 박물관의 모습 또한 증강 현실 기능을 통해 홀로그램으로 사람들에게 보일 거고요."

큐레이터의 말을 이해하려 애쓰는데 잠시 어지러웠다. 눈을 감았다 뜨니 초등학교에 입학해 설레어 하는 아이의 모습이 지나갔다. 아이는 선생님이 전근하면서 선물한 열쇠고리를 만지작거리며 입술을 삐죽였다. 이모가 피자를 만드는 동안 잠들어 버린 아이는 어느새 십 대가 되어 공원에서 잃어버린 강아지를 찾으러 다녔다. 그러다 조금 더 자란 그는 학교 재량휴업일에 친구들과 영화를 보러 집을 나섰다. 버스에서 내려 전철역으로 가며 엄마에게 걸려 온 전화를 받았다.

"친구들이랑 헤어지면 바로 집에 올 거지?"

엄마의 목소리가 휴대폰 밖으로 흘러나왔다.

"응, 바로 갈 거야. 오늘 엄마 생일이잖아."

"잊어버린 줄 알았는데 알고 있었네?"

"당연하지. 엄마가 급하게 나가서 인사 못 한 거야. 대신 생일 선물 기대해!"

"선물은 무슨."

"왜, 필요 없어?"

아이의 물음에 엄마는 잠시 시간을 두고 웃음기 어린 목소리로 답했다.

"난 너만 있으면 돼."

"오늘 진짜 빨리 집에 가야겠네."

아이가 바지 주머니에서 교통 카드를 꺼내 들었다.

나는 그를 향해 소리를 질렀다. "안 돼. 가지 마. 전철 타면 안 돼." 마음이 급했다. 잡을 수 있다면 잡고 싶었다. "가면 다시 돌아오지 못할 거라고!" 온몸이 부서질 정도로 힘을 주어 소리를 쳤지만 아이는 끝내 역 안으로 사라져 버렸다.

"이제…… 준비되셨나요?"

큐레이터의 말에 정신이 들었다. 자신에게 온 휴대폰 메시지 알람을 확인한 큐레이터는 이어 말했다.

"지금 기념품 가게로 가시면 됩니다. 부모님도 오시고 친구들과 학교 선생님도 왔네요. 당신이 그리워했던 이모도 한 시간 뒤엔 도착할 겁니다. 참 많이 반가울 거예요. 그들에게 마지막 인사를 전한 뒤 박물관 뒤쪽에 정차하는 전철을 타면 됩니다."

나는 고개를 가로저었다.

"말도 안 돼. 지금 무슨 얘기를 하는 거야!"

그때 내 휴대폰에도 메시지가 왔다.

우리 왔어.

너에게 주고 싶은 것들 가지고 왔어. 어서 와.

"엄마!"

내 목소리 들리니?

"엄마 나 여깄어. 엄마!"

듣고 있지?

사랑한다고 보낸 너의 마지막 메시지 보고 있어.

"나 괜찮아. 괜찮아 엄마!"

나도 사랑해…….

잊지 않을 거야. 영원히.

엄마의 말들이 메시지가 되어 나타나고 있었다.

"아, 이럴 수는 없어."

내 말들도 메시지가 되어 화면에 나타났지만 남아 있지 못하고 계속해서 흩어졌다. 절망스러웠다. 화가 났다. 손이 떨렸다. 사랑한다면 서로의 얼굴을 어루만지고, 등을 토닥이고, 목소리를 들려줄 수 있어야 한다. 서로의 온도와 체취를 나눌 수 있어야 한다. 사랑한다면 정말로, 정말로 함께 있어야 한다.

숨이 제대로 쉬어지지 않았다. 나는 껵껵거리며 가슴을 부여잡고 주저앉았다.

"준비되지 않은 이별은 감당하기 힘들죠. 눈물도 흘리기 어려울 만큼."

나를 보는 큐레이터의 얼굴에 처음으로 감정이 묻어났다. 슬픔이었다. 아니 슬픔 이상의 분노였다. 누군가의 책임으로 억울하게 끝나 버린 삶을 마주하고는 감정을 절제하기 힘들었던 모양이다. 그는 입술을 꼭 깨물었다. 그러고는 고개를 숙인 채 말했다.

"박물관 기념품 가게는 운영 종료 시간이 없습니다. 또한 그곳에서는 당신을 찾아온 방문객들과 직접적인 음성 소통이 가능합니다. 이렇게 떠나는 것이 아쉽더라도 그들과 많은 대화 나누고 떠나시길요."

"아니야, 아니야, 지금은 아니라고!"

"당신에게…… 위로가 될지 모르겠지만 기념품 가게의 물건은 본인이 모두 가져가실 수 있습니다. 찾아온 분들의 사랑과 그리움이 담긴…… 당신을 잊지 않고 기억하기 위해 가져온 물건들이니까요."

큐레이터가 출입구와 반대편에 있는 기념품 가게를 알려 주었다. 그러고는 잠시 주저하다 자리를 떠났다.

어떡하지?

이제 나는 어떻게 해야 해?

나는 두 손으로 머리를 감싸 쥐었다. 기념품 가게에서 시간을 보내고 나면 나는 지상을 지나는 전철을 타고 이곳을 떠나야 할 것이었다.

"난 아직 준비가 되지 않았어. 아직은, 아직은 말이야."

나는 큐레이터의 말들을 인정하고 싶지 않았다.

한참 동안 아무것도 하지 못했다. 머릿속이 하얬다. 억울함, 분노, 그리고 이루 말할 수 없는 상실감이 교차하며 나를 짓눌렀다. 내가 왜 이런 일을 겪어야 하는지 이해할 수 없었다.

자리에서 일어나 주먹을 쥐었다. 손끝까지 떨리는 게 느껴졌지만, 움직여야 했다. 이렇게 멈춰 있을 순 없었다.

기념품 가게로 향했다.

이제 나를 찾아온 이들을 만나야 했다.

작가의 말

말하지 않았지만 지워지지 않은 생각.
떠나보냈지만 끝내 남아 있는 온기.

사라졌다고 생각했던 것들이,
우리가 놓쳤다고 여긴 마음들이
아직 여기 어딘가에 머물러 있다면 우리는 무엇을 할 수 있을까?

우주의 틈새로 열리는 새로운 시공간,
인간의 흔적이 묻은 데이터 세상,
나무의 시간이 머무는 숲과
유전자 편집 인간이 감정을 구독하는 시대,
그리고 불현듯 찾아온 이별의 공간에서.

끝이라고 단정하기 전에 한 번 더 귀 기울이고,
지워졌다고 돌아서기 전에 잠시 손을 얹어 보는 일.

되돌릴 수 없는 시간이라고 할지라도
기억하고 지키려는 마음은
아직 여기에 있다.

책이 나오기까지
다섯 편의 이야기를 함께 보듬어 준 안신희 편집자님과
창비 출판사에 진심으로 감사드린다.

2026년 봄
전성현

창비청소년문학 146

아직 여기에 있어

초판 1쇄 발행 | 2026년 3월 20일

지은이 | 전성현
펴낸이 | 염종선
책임편집 | 안신희
조판 | 박지현
펴낸곳 | (주)창비
등록 | 1986년 8월 5일 제85호
주소 | 10881 경기도 파주시 회동길 184
전화 | 031-955-3333
팩스 | 영업 031-955-3399 편집 031-955-3400
홈페이지 | www.changbi.com
전자우편 | ya@changbi.com

ⓒ 전성현 2026
ISBN 978-89-364-5746-4 43810

* 이 책은 서울특별시, 서울문화재단 '2025년 창작집 발간지원 사업'의
  지원을 받아 발간되었습니다.
* 이 책 내용의 전부 또는 일부를 재사용하려면
  반드시 저작권자와 창비 양측의 동의를 받아야 합니다.
* 책값은 뒤표지에 표시되어 있습니다.